ベリーズ文庫

14年分の想いで、
極上一途な御曹司は私を囲い愛でる

若菜モモ

JN031862

STARTS
スターツ出版株式会社

目次

14年分の想いで、極上一途な御曹司は私を囲い愛でる

特別書き下ろし番外編

14年分の想いで、
極上一途な御曹司は私を囲い愛でる

プロローグ

「ところで君は誰だ？　俺の見合い相手は？」

普段は縁遠い五つ星高級ホテルのイタリアンレストラン。

ランチをしながらのお見合いをなんとかやり過ごし、そろそろ最後のドルチェを食べ終わる頃、相手の男性である忽那《くつな》大和《やまと》さんから鋭い声色で問われた。

もうそろそろこの大役が終わるので若干気が緩み、残りのライチジェラートを口へ運んだところだった。

キュッと心臓が縮んで、ジェラートが食道じゃなくて気管支の方へ流れる。

「ゴホッ、ゴホゴホ……コンコン」

「大丈夫か？」

ひとしきり咳をして、その間どうにか話題を逸らしたいと思案する。

「は……はい。ゴホゴホ……」

パニックに陥ったせいで返事は気弱な言い方になり、今まで彼に対して話していた態度と違ってしまった。

　ここへ登場したときから、私は彼に対し高飛車に振る舞っていたのだ。

　止めようとしても止まらない激しい咳きこみで黒縁眼鏡が顔から外れて、テーブルの上に飛び、カシャンとジェラートのお皿にぶつかって床に落ちた。

「あ！」

　眼鏡を取ろうと立ち上がったとき、ひと足先に忽那さんが私の横に来ていて腰を折り拾ってくれた。

「どうぞと、言いたいところだが……」

　端整な顔がグイッと近づき、まじまじと顔を見つめられる。

　ポカンとなって彼の長いまつげを確認した直後、慌ててうしろにのけぞる。

「え？　きゃっ！」

　眼鏡を拾おうと体を横にしていたため、背もたれがなくうしろに倒れかけた。

　体が四十五度になって真っ白い天井が見えたとき、二の腕が掴《つか》まれて引き戻される。

「まったく……意外とそそっかしい？」

　忽那さんの手が腕から離れて安堵する。

　それは否定できないけれど、引きつる顔をなんとか緩ませた。内心、男性の手に触れられて、心臓がバクバクしている。

彼はただ単に、無様に倒れないように助けてくれただけよ。

「……ありがとう」

今までの高飛車な態度を取り戻そうと、精いっぱい顎をツンと上げ、無意識にうしろでひとつに結んだ黒髪に手がいく。

「そそっかしいのではなく、急に顔を近づけるから驚いただけよ」

そう言った瞬間、忽那さんは楽しそうに口もとを緩ませる。

「この眼鏡は伊達《だて》だろう？」

ハッとなって仰ぎ見た先に、眼鏡のレンズを覗《のぞ》き込んでいる彼がいた。

「伊達ですけど、必要なものです」

外出時には二年前から必ずかけなくては落ち着かない必需品だ。

「返してください」

手を差し出す私に、忽那さんは麗しい笑みを浮かべる。

誰もが見惚れてしまいそうなほど素敵だ。

彼はその笑顔が相手に対してどんなふうに打撃を与えるか知っているのだ。

「美人なのにこれを必要としている背景が気になるな。けど意地悪はしないでおくよ」

忽那さんは黒縁眼鏡のつるの部分を開き、美人と言われて困惑している私の顔にそっとかけた。

それから彼は隣の席の椅子を引いて腰を下ろし、私の方に向いてダークブルーのスラックスに包まれた長い脚を組む。

話を聞くまでは逃がさないぞという態度がありありとわかり、思わず忽那さんから視線を逸らした矢先に質問が飛んでくる。

「で、君の名前は？　宮崎《みやざき》あやめさんはどこに？　代理を立てるくらいこの縁談が嫌なんだろうな」

すっかりバレてしまっている……。

ちゃんと話さなければ忽那さんは納得しないだろう。

あやめが不利にならないようにしなきゃ。

「……私は秋葉《あきば》紬希《つむぎ》といいます。あやめは親友で……彼女には好きな人がいます。今日はどうしても行かなくてはならない場所があって、直接お会いしてお断りができないので、私が頼まれたんです」

別人だと知られてしまったので、口調は普段の自分に戻した。

「ふ～ん。好きな人が。それにしても君をよこすなんて、彼女は誠実なのか無知なのかわからないな。普通バレるだろう？　電話をかけてこの縁談は無理だと言えばいいのに」

あやめが私に向かって顔の前で両手を合わせる光景が思い出された。

「彼女は今日、どこへ行くかご両親に知られたくなかったんです。それに忽那家と宮崎家ではかなりの力と言いますか、逆らえないと言いますか、とにかく差があるので、忽那さんから断ってほしかったようです」

ふいに彼は手を伸ばして水の入ったグラスを手にして飲む。

私の話が衝撃的だった？

「こんなバカなことを計画したお詫びはします。本当に申し訳ないと思っています。ここの食事代もお支払いします」

あやめからバレたときの場合、支払うようにお金を渡されている。

「困ったな」

え？　こ、困った……？

当惑して忽那さんのバランスの取れた顔へ視線を向ける。

「見合いはもう何度あったか覚えていないくらいだ。両親の見合い攻撃がうっとうしいから、宮崎あやめさんに契約結婚をしてもらおうと思っていたんだが」

契約結婚⁉　縁談よけのために好きでもない人を妻にしようとしていたの？

あやめには駆け落ちしてもいいくらい愛している男性がいるから、忽那さんの考えは無理だろう。

「顔を突っ込んだ君にも責任があるよな？」

ふいに忽那さんの顔が近づいてきて顎をすくわれ、驚いて目を見開く。

イケメンの顔が至近距離にあって、心臓がバクバク暴れ始める。

「そ、それは否定しません」

「ってことで、君には俺の恋人になってもらう」

「ええっ⁉」

予想もしていなかった状況に素っ頓狂な声が漏れる。

目の前でいたずらっ子みたいに瞳を輝かせ、笑みを浮かべる忽那さんを、食い入るように見つめた。

一、親友の無理難題

九月の上旬の金曜日。

十八時の終業時刻になり、勤め先である丸《まる》の内《うち》に三十一階の自社ビルを構える『光《みつ》圀《くに》商事』の社屋から出て、地下道でつながっている道を進み大手町《おおてまち》駅に向かう。

女子大学を卒業後、大手証券会社に入社し営業事務として働いていたが、上司のセクハラがひどくなって二年前退職した。その直後に光圀商事の総務課へ転職して、今に至っている。転職活動は大変だったが、人気の就職先である光圀商事に入社できたのはラッキーだった。

女性の先輩や後輩とも仲がよく楽しく仕事をしているが、毎日が単調に過ぎていくことに、二十六歳の私はなにかに追われるような焦燥感を覚えていた。

今週もいつもと代わり映えのしない日々を過ごし、待ちわびた休日の明日は好きな本を持ってカフェにでも行こうかと考えていたところへ、あやめからメッセージが入った。

【紬希！　これから会える？　行っていい？】

会えることを前提で〝行っていい?〟とあって、苦笑いを浮かべる。

親友の彼女は私が毎日自宅と会社の往復だけで、予定なんて滅多に入っていないことを知っている。

【もちろんよ。気をつけて】

大手企業の社長令嬢である宮崎あやめは高校からの友人で、同じ大学の文学部でともに過ごし今では気心知れた親友である。

彼女は六本木《ろっぽんぎ》にある父親の会社で秘書課に勤務しており、普段の通勤手段は愛車だ。なので、今日も車を走らせ、私の住まいの近所のコインパーキングに止めるだろう。

【ご飯買っていくから。これから会社を出るわ】

すぐにきた返事を読んで、肩から下げているバッグにスマホをしまった。

自宅のある江東区《こうとうく》の最寄り駅に到着し、駅前にある地元感たっぷりの小さな洋菓子店であやめの好きなプリンを買うために立ち寄る。

彼女はここの硬めのプリンが大好きなので、ふたりなのに四つ購入して帰宅する。

駅から徒歩七分の五階建てワンルームマンションの三階に住んでおり、もう五年以上ひとり暮らしだ。

父が五年前に大阪《おおさか》へ転勤になったので母もついていき、実家を引き払うことになったタイミングで都内の女子大学に在学中だった私はここに引っ越した。就職先も東《とう》京《きょう》の会社を選び、両親のもとへは行かなかった。

この部屋にはひと口の電気コンロと小さなシンクと冷蔵庫があるだけで、簡単な料理しかしていない。

していないというよりは、キッチン用品を最小限しか置いていないので、凝った料理はできない……ということにしておこう。

実家暮らしのときは母の料理の手伝いをときどきしていたし、レシピサイトを見れば動画でちゃんと教えてくれるので、最近は作ってみようかなという気にもたまになる。しかし自分だけのためならどうでもいい気持ちになってしまい、結局手の込んだ料理は作れていない。

「プリンを冷やしておかなきゃ」

独り言《ご》ちて腰を屈め、小型の二ドア冷蔵庫の下を開けてプリンを入れる。

ポットに水を入れて沸かしているうちに、八畳の部屋をサッと掃除する。

そうこうしていると、マンションの一階のインターホンが鳴った。

住人の許可がなければマンション内へ入館できず、セキュリティ面がしっかりしているところが両親の最重要点だった。大学三年でひとり暮らしをさせるのが心配な両親もここならと、決めた住まいだ。

「いらっしゃーい」

玄関のドアを開けると、華やかな雰囲気をまとうあやめがにっこり笑顔で立って軽く手を顔の横で振る。

今日の彼女の装いは、花柄のラベンダー色のAラインワンピースだ。髪はナチュラルなブラウン色のふんわりとしたウエーブボブでやわらかい雰囲気だが、好き嫌いがはっきりしていてクラスにひとりはいる外交的なリーダータイプだ。

「おじゃましまーす」

「どうぞ入って」

「もー、家に戻っているんだから、その黒縁眼鏡は外したらどう?」

そう言って、あやめは片手で持っていた大きなショッパーバッグを、ベッドとテレビ台の間にある小さなローテーブルの上に置く。

普段自宅へ戻ると伊達である黒縁眼鏡を外すのだが、あやめが来るので動き回っていたら忘れていた。

以前の会社で上司にセクハラを受けたのが原因で転職したが、新しい職場でもまたそんなことがあったらと思うと気が気でなく、自分を地味でしゃれっ気のない女性につくり上げた。

普段も格別に綺麗《きれい》な女性とまではいかないが、会社では化粧っ気のない顔に黒縁眼鏡をかけ、肩甲骨まであるサラサラの黒髪はうしろでひとつに結び、服装もダークカラーで地味に徹している。

黒縁眼鏡を外してドレッサー代わりに使っている洗面所へ行き、置いてから戻る。

あやめはショッパーバッグから取り出したフードパックを無造作に置いている。

「今日はハワイアン料理にしてみたの。会社の近くにキッチンカーがあっておいしそうだったから」

「ハワイアン料理?」

ガーリックシュリンプくらいしか知らない。

彼女のいつもの定位置である窓側の座布団に座ったあやめに首をかしげる。

「食べるとハワイへ行きたくなっちゃうわよ。あ、グラスをちょうだい。グアバジュースもあるの」

グアバジュースの缶をふたつ出している。

グラスを取りにキッチンへ歩を進め、氷を入れて戻った。取り皿も忘れずに二枚持ってきた。

ローテーブルの上が、南国のような雰囲気になっている。

「わー、これ絶対おいしいね」

手を伸ばしたあやめにグラスを渡し、彼女の対面に腰を下ろす。

家で食べるときはキッチンが狭いのでわりとスーパーやコンビニのお弁当を頼ってしまうが、あやめが買ってきてくれた料理は普段そこら辺では売っていない。

「いただきます！」

両手を合わせてから、あやめが取り分けてくれたガーリックシュリンプから口に入れる。大きめのエビなので、手で豪快に食べるスタイルだ。

あやめも同じくガーリックシュリンプを手にした。

「んっ、おいしーい」

味わうようにゆっくりそしゃくし、笑みを深める。

「あ、そうだ。帰りがけにあやめの好きなプリン買ってきたの」

「ありがとう。あそこのプリンね？」

「そうそう。もう残り少なかったけど買えてよかったわ。私はマラサダもプリンも食べられそうよ。あやめは？」

「……」

あやめの次の言葉を待っていたが、彼女は困惑した表情で押し黙っている。

こんな姿は初めて見る。

「あ、おなかいっぱいだったら持って帰ってね」

うちでは食べられそうもないほど満腹なのかと考えてにっこり言ってみると、あやめは困惑していた表情から深刻そうな顔つきに変わる。

急にいつもの彼女とは違う人になってしまったみたいで当惑する。

「どうか……した？」

あやめは深呼吸をしてから「じつはね……」と切り出した。

「紬希にお願いがあるの」

「私にお願い……？」

親友の頼みならできる限り聞き入れたいところだが、あやめの深刻そうな顔が気になる。

コクッとうなずいたあやめは話し始めた。

「私、明日お見合いをしなくてはならないの」

「え？　お見合い？」

あやめには半年前から、キッチンカーで石窯のピザを作って売っている小林哲也《こばやしてつや》さんという恋人がいる。

「以前からぽつぽつと縁談は来ていたんだけど、両親も私の気持ちをくみ取って、断ってくれていたの。でも、今回はうちよりもはるかに格上の家で、父がこれはすばらしい良縁だからと、断ってくれなかったの」

「あやめは社長令嬢で綺麗だもの。縁談話なんてしきりなしにあると思っていたわ」

でも、彼女には愛している人がいる。

明日は群馬《ぐんま》のイベント会場で出店することになって、あやめは手伝いに行くのだという。普段は哲也さんがひとりで切り盛りしているが、イベント会場となると普段よりも大人数の集客が見込まれるため、人手が必要らしい。

「だけど、明日はお見合いを設定されてしまった……ってことね？」

ガーリックシュリンプをつまんで口へ運ぶ。

すると、あやめが私の方へ身を乗り出す。

「紬希、一生のお願い！　私の代わりにお見合いへ行って！」

顔の前で両手を合わせるあやめにあぜんとなって、口へ運んだガーリックシュリンプがテーブルの上に落ちた。

「ちょ、ちょっと待って！　そんなの無理よっ」

大きくかぶりを振りながらテーブルの上のエビを取り皿の上にのせて、ティッシュで手を拭く。

「無理じゃないわよ。髪形や色こそ違うけど、高校の頃からよく似ているって言われていたじゃない。双子コーデでテーマパークへ行って本当に双子みたいってキャストに褒められたでしょ」

「あれはメイクで双子に見えるように寄せたからでしょう？　今の私が現れたら別人ってわかっちゃうわよ」

「大丈夫！　大丈夫！　メイク次第で変わるんだから。それに先方に渡した写真は成人式の着物姿なの。あのとき真っ赤な振袖に映えるように黒髪にしたから気づかれないわ」

「成人式の写真って、もう六年前のじゃない」

そんな前の写真を先方に見せるなんて……。

「このお見合いを向こうから断ってくれるように仕向けてくれればいいの」

「仕向けるって、どんなふうに？」

こうやって聞いてしまえば受け入れざるをえなくなるのに、あやめの話にのせられてしまっている。

「黒縁眼鏡もいいわね。それから高飛車な態度を取ってくれれば先方から断ってくるわ。男性ってそんな女性は願い下げだろうから。まあいきなりそんなふうにしろって言われても私だって難しいけど。重要なのは、私がお見合いへ行かなかったってパパにバレないこと」

いやいや、あやめ。あなたはけっこう、高飛車よ……？

彼女はもう一度顔の前で拝むように合わせる。

「あやめ～……」

お見合いなんてしたことないし、断られるように仕向けるなんて、私にできるか不安だ。

「お相手は忽那大和さん。年はひとつ上の二十八歳だったかな。ニューヨークから一カ月前に帰国したばかりだって父は言っていたわ。写真は……あー忘れてきちゃった。とにかくまあまあだったわ。でも向こうの外見なんて関係なく、このお見合いをぶち壊してきてほしいの」

破談にさせる相手なら向こうの外見なんて関係ない。

でも〝やまと〟って……。初恋相手と同じ名前だなんて、こんな偶然もあるのね。

「ね？　お願い。親友の一大事よ？　たとえ先方が断らなくても、紬希に責任はないから。私がお見合いの場へ行っていると父に思わせるのが最優先なの」

あやめの恋は応援している。大事な親友が困っているのなら助けてあげたいと思う。だからって人を騙《だま》すなんて……。

「紬希、一生のお願いっ」

今度はテーブルに両手をついて頭を下げるあやめだ。

こんなふうに困っている彼女を見るのは初めてで、胸に同情心が押し寄せてくる。

「お願いよ。私も紬希が困ったことがあったら絶対に助けるわ。哲也のことが本当に好きだから、お見合い相手と結婚なんて絶対に考えられないの」

あやめは鼻を真っ赤にして号泣しだした。泣くくらい切実なのだろう。

「わ、わかったわ！　あやめのために先方に断られるようにがんばってくる」

「本当に？」

ティッシュで目にたまった涙を拭いている。

「うん。仕方ないわ。親友の頼みだもの」

すると、彼女は脱力したかのように前かがみだった体をもとに戻して、安堵のため息をついた。

「紬希、恩に切るわ。絶対にこの埋め合わせはするから」

「ううん。埋め合わせなんていいわ。無理難題だけど、やってみる」

「心からうれしい。ありがとう！　紬希」

顔がぱぁーっと明るくなったあやめは心配事から解き放たれたのか、グアバジュースをゴクッと飲んでからガーリックシュリンプに手を伸ばした。

食事をしながら、明日の場所や、どんなふうに断られるように仕向ければいいのかを打ち合わせる。

プリンを二個ずつ食べ、あやめが帰り支度を始めたのは二十三時を回っていた。

「じゃあ、明日はよろしくね。終わったら連絡して」

「わかったわ。気をつけて帰ってね」

「はーい」

あやめは明るい表情でドアを開けて廊下に出る。

ドアからエレベーターに向かう彼女の背中を見送り、乗り込むときに互いに手を振ってあやめの姿は見えなくなった。

「ふぅ」とため息を漏らして、ドアを閉めると鍵をかけた。

とんでもないことを引き受けてしまったけれど、ミッションとしてはとにかく嫌わればいいのだ。

高飛車な態度なんてできるかどうかわからないが、あやめのためだ。

「やるしかない！」

両手に拳をつくって自分を奮い立たせ、入浴の用意を始めた。

翌朝、目を覚ましたとき、ずっと夢を見ていたようでぐっすり眠れておらず疲れを感じていた。

待ち合わせの時間は十二時。

いつも会社へ行くときの地味子の姿でお見合いに向かうためとくに念入りに支度をする必要もなく、今はまだ八時なので時間に余裕はある。

上体を起こしたものの、現実逃避したくて布団の上にもう一度横たわり体を丸めて目を閉じる。

そうしていても、あやめのお見合い相手と会うことを考えてしまい、眠れない。

「もうっ、起きよう」

目をパチッと開けてガバッと起き上がった。

地下鉄でお見合いの場であるレストランが入っている五つ星高級ホテルへ向かい、最寄り駅で降りる。

東京のシンボルタワーがすぐ近くに見える。東京生まれ東京育ちなのに、近くまでは来る機会はあったものの、一度も展望台へ上ったことがない。

今日はスッキリとした晴天で、暑いくらいだ。

髪は普段通りにうしろでひとつに結び、黒縁眼鏡をかけて、黄色の幾何学模様の入ったブラウンの半袖ワンピースを着ている。

これはあやめの服で、彼女は私より五センチ背が高い。あやめだったら似合うはずだけれど、私が着るとスカート部分の長さが足首近くになっていて野暮ったく見えるだろう。

昨晩これを持参したあやめは、ワードローブの中で一番地味なワンピースだと言った。母親が買ってくれたが、好みに合わず一度も袖を通していないらしい。

ブランド物のワンピースは上質で、着心地がいい服を着ているのに、支度をしている最中から気持ちは落ち着くことがなかった。

刻一刻とあやめのお見合い相手に会う時間が近づいている今は、すでに鼓動はドキドキと暴れており、心臓が口から飛び出そうなくらい緊張している。

すでに何度も、引き受けてしまったことを後悔している。

落ち込む気持ちをなんとか奮い立たせ、五つ星ホテルのゴージャスなロビーへ歩を進めると、エレベーターを探す。

すごいホテル……こんなところで会うなんて、さすがあやめのお相手だわ。

エレベーターに乗り込み、あやめから聞いていた最上階の表示パネルの横にイタリアンレストランの名前を見つけてタッチする。

エレベーターに乗ったのは私だけで、一度も止まることなく最上階へ到着してしまった。

気持ちを落ち着かせる時間なんてなかったわ。

震える足でエレベーターを降りて一歩進んで立ち止まる。

二の足を踏みたくなる心をなんとか鼓舞し、深呼吸をしてから十メートルほど先に見えるイタリアンレストランへ向かった。

入口に立つ黒いスーツに蝶ネクタイ姿の初老の男性に案内されて、レストランの奥へと向かう。そして個室のドアが開けられた。

もう逃げられない。あやめのためにがんばろう。

下唇をキュッと噛んで、初老の男性の後に入室する。

六人掛けの長方形のテーブルの、窓際の席で背を向けて男性が座っていた。

電話をかけていたようで、スマホをスーツのポケットにしまってから振り返った。

お見合い相手を見た瞬間、暴れていた心臓がドクッと跳ねた。

あやめ、こんなにも素敵な人だなんて聞いてないわ……まあまあって言っていたじゃない……。

今の状況に、額から汗が流れ出そうだ。

大きな窓から東京のシンボルタワーが大きく目に飛び込んでくるが、景色を楽しむ余裕などない。

「君が宮崎あやめさん……？」

男性が私の姿を捉え、一瞬目を見張った後、椅子から腰を上げた。

「ええ。宮崎あやめよ。あなたが忽那さん？」

真っ赤な嘘を高飛車に言ってのける。

私、うまく言えてる？

目の前の男性が稀に見る極上な男性だとしても、なんとしてでも彼に嫌われなくてはならない。

「……ああ」

相手のイケメンは口ではわかったそぶりだが、疑っているような視線を向けてくるので無意識に背筋が伸びる。

さすがにこの姿であやめだと言うには無理があったかも……。

「どうぞ座ってください」

彼は私のうしろで待機していたレストランスタッフにうなずくと、奥の椅子が引かれ、そこへぎこちない動きで歩を進めて椅子に座る。

それから彼も腰を下ろした。

はぁ……あやめに同情なんかして引き受けなければよかった。

でも彼女は『お見合い相手と結婚なんて絶対に考えられない』と、鼻を真っ赤にさせて号泣したのだ。親友として、なんとか力になりたい。

「まずはシャンパンで乾杯しましょうか。車で来ているので私はノンアルコールですが、よければアルコールの入ったシャンパンを頼みますが？」

高飛車によ。

脚を組んでゆっくり口を開く。

「そうね～、ひとりで酔いたくないからやめておくわ」

黒縁眼鏡の縁に触れ、軽く上げて微笑む。

「わかりました。では、ノンアルコールのシャンパンにしましょう」

彼はまだテーブルの近くに立っていたスタッフにオーダーした。

丁寧にスタッフに頼む姿は上品で貴公子そのものだ。

軽くウエーブのある黒髪は艶やかで、顔のパーツは黄金比のように整っていて、誰もが振り返って見直すほどの美麗な人だ。

あやめ、申し訳ないけど見た目では哲也さんとは比較にならないくらい素敵なんですけど……。

しかもあやめの家よりもセレブだと言っていたから、どこぞの御曹司なのだろう。

そこのところを聞くのを忘れていたわ。

「アレルギーなどはございますか？」

スタッフに丁寧に尋ねられ、瞬時『ないです』といつもの自分が出そうになったが……。

「ないわ」

見合い相手も「ないです」と答え、スタッフは「かしこまりました」と頭を下げて個室から出ていった。

「あらためて、忽那大和です」

彼は内ポケットからダークグリーンの名刺入れを出して、中から一枚私に差し出す。

慌てて立ち上がろうとした瞬間、脚を組んでいたことを忘れてもたもたしてしまう。

名刺を受け取り、お尻を椅子に着けながら、あやめから彼女の名刺をもらっていなかったことに思い至ってどう言い訳するか考える。

「プライベートでは名刺を持ち歩かないので、私からはないわ」

「君の身上書はもらっているし必要ないですよ」

忽那さんは形のいい唇を緩ませる。

本当にイケメン……。

視線を彼から持っていた名刺へ落とした直後、心臓が止まるくらい驚愕した。

光圀商事の専務取締役っ⁉

この人は私が働いている会社の専務取締役なの？　あやめはわざと教えなかったの？　知っていたら引き受けなかったもの。

名刺を二度見してから、心の中で落ち着くように言い聞かせる。

最上階の重役フロアと総務課では乗り込むエレベーターが違うし、今までも会ったことはないのだから、この先社員だと身バレはしないはず。

「……若いのに専務取締役なのね？　しかも日本でトップクラスの総合商社」

専務取締役というからには、旧財閥の創業者一族と関わりがあるのかもしれない。

光圀商事は人気の就職先で、私は細かくて難しいテストと面談を二回して転職した。お給料がいいし、福利厚生も整っていて働きやすそうな会社を選択したのだ。

「肩書なんて関係ないですよ。会社の業績が上がればいいんです。そのための努力は惜しみません」

そう言うからには、忽那さんは仕事人間なのかも。

人柄のよさを感じるが、それに同意したら嫌ってもらえないだろう。

「あら、そうかしら。肩書は大事よ。私も、父……パパに課長にしてもらったの。社長の娘なのに平社員だなんてみっともないでしょう？」

関係ないと言っているのだから、肩書を大事にする女は絶対に嫌いなはず。そして実際あやめは秘書課の課長だ。

嫌われたいがための発言だが、高飛車に言い放つなんて初めてだからうまく話せているかわからない。事実、言葉につっかえてもいる。

そこへスタッフふたりがシャンパンのボトルと料理を運んできた。

フルートグラスに金色の液体が注がれる。

目の前には五種類の彩りよい前菜が、美しいお皿にのせられて置かれた。

「乾杯しましょう」

忽那さんはフルートグラスを手にして軽く掲げ、私も同じ行動をする。

なにも言わずにツンとすましてからフルートグラスに口をつけた。

ひと口飲んで、ノンアルコールなのに本当にアルコールが入っているみたいな極上のシャンパンだった。

「どうぞ召し上がってください」

正直言って私でもこんな女性と食事なんてしたくないと思うのに、忽那さんは至極丁寧だ。

「いただくわ」

ナイフとフォークを使って、スミイカのジェノベーゼマリネを食べる。まだ緊張は解かれないので、食べ物が喉を通らないと思ったが、そのおいしさにどんどん胃の中へ入っていく。

だけど、どうしてこんな素敵な人がお見合いをするの？　この端整なルックス、そして肩書があれば女性からモテてしょうがないはず。

ダークブルーの三つ揃《ぞろ》いのスーツは体にフィットしていて、私が知る会社員の男性の姿とはまったく違う。

「──みは？」

忽那さんがなにか話して考え事から現実に引き戻される。

「え？」

一瞬素が出てキョトンと彼を見てしまうが、ごまかすようにフルートグラスに手を伸ばす。

「趣味はなんですかと聞いたんです」

それなら昨晩あやめと打ち合わせ済みだ。

「ボディビル選手権を観に行くことよ」

ゴリゴリのマッチョを観るのが趣味だなんて、引くだろう。

「そうですか。ボディビルを。じつは私も筋肉には自信があるんですよ」

スーツを着ているとわからないけれど、案外鍛えているのかもしれない。

そんなことを考えて、もう一度シャンパンを口に含んだとき。

「見てみますか？」

びっくりしてシャンパンを吹き出しそうになったが、こらえて飲む。

あやめならどう答える？

「ず……ずいぶん自信があるのね？　でも、見るからに彼らとは比較にならないわ」

実際、あやめが考えただけで、私たちふたりともボディビルダーなんて興味はない。哲也さんはやせ形だし。

「たしかにそうですね。彼らに比べるに値しない」

認める発言だが、気を悪くしたような声だ。

忽那さんには申し訳ないけれど、これでいいのよ。

「あやめさんは結婚したら仕事を続けたいと思っていますか？　子どもは？」

これも打ち合わせ済みの質問だ。

「辞めるつもりはないわ、自分の時間を大事にしたいから。それと私、子どもって好きじゃないの。忽那さんは？」

「そのときによりけりですね」

それって、欲しいの？　欲しくないの？　どうでもいいってこと？

かみ合わない会話をしながら、ホタテ貝のアーリオオーリオ仕立てのタリアテッレ、真鯛をアーモンドとパイで包んだ魚料理、やわらかいサーロインステーキなどを食べ終え、あとはドルチェだけになった。

絶対にこんな女は願い下げだと思っているはず。もうすぐ私の役目も終わる。

ドアがノックされてスタッフが入室し、デザートが目の前に置かれた。

綺麗な蔦《つた》模様のお皿の上にティラミスとジェラートが盛りつけられている。

「こちらのジェラートは甘味控えめのライチ味になっております」

スタッフの説明でティラミスにスプーンを入れた。

口に運び、ほろ苦いティラミスのおいしさにさすが一流レストランと心の中で思う。

頬が緩みそうになるが、こらえて忽那さんを見ると、彼はドルチェを食べずにコーヒーを飲んでいる。ブラックが好みのようだ。私は砂糖とミルクをたっぷり入れなければコーヒーは飲めない。

それにしても、んー、ティラミスおいしすぎる。ライチのジェラートなんて初めて。爽やかでティラミスを食べた口の中をさっぱりさせてくれる。

今頃あやめは、群馬のイベント会場で忙しく働いているかな……。

残りのジェラートを口に入れたとき。

「ところで君は誰だ？　俺の見合い相手は？」

声色は太くなり、有無を言わさない鋭い視線で見つめられる。

突然の指摘に心臓は縮み上がり、ジェラートが気管支に入り込んで激しい咳が出る。

さっきまで『私』だったのに、『俺』って？　今まで猫をかぶっていたの？

二、飛び込んできた彼女（大和Side）

彼女がレストランの個室に入ってきた瞬間、信じられず、夢でも見ているのだろうかと思った。

ニューヨークから戻り一カ月が経っていた。

帰国するまで十四年。学生時代、同年代の女性と話をしていると紬希のことを思い出し、彼女はどんな子になっているかと想像することもあった。

中学二年生の頃の淡い恋は俺の心に刻み込まれ、忘れられなかった。

ようやく日本に生活の拠点を置くことが叶い、帰国してすぐに秋葉紬希の調査を信頼のおける興信所へ依頼した。

目の前にいる女性は見合い相手の宮崎あやめではなく、俺がずっと会いたいと思っていた紬希だ。

彼女とは俺が中学二年のときに知り合った。紬希は別の中学校の一年だった。

その頃、仕事で忙しい母は夜まで家にいないことが多く、俺は外で読書をして過ごしていた。

サッカーや野球、水泳などスポーツも得意だったが、勉強に時間を費やしていたので成績は常にトップだった。

当時の俺はクラスメイトたちと遊ぶことが楽しいとは思えず、とくに親しい友人を作りたいと思わなかったのだ。

それで放課後はほぼ毎日、気に入っている高台で時間をつぶしていた。

あと一カ月で夏休みになるという頃、紬希は俺の前に現れた。

◇◇◇

小学生たちが水道で遊んでいるのは、近くのベンチにいたから読書をしながらでも把握していた。

少しして子どもたちの「わー」という声がして、視線をそちらへ動かしたとき、水が噴水のごとくものすごい勢いで宙を舞っていた。

子どもたちはよくないことをしでかしてしまったと思ったのか逃げていったが、そこへひとりの女子中学生がやって来た。

彼女はびしょ濡れになりながら蛇口へ手を伸ばしてなんとか閉めようとするが、さらに水が吹き上がった。

仕方なく俺はベンチから水道に近づく。

「あれ？　逆方向に回しちゃった？　こっちじゃない？」

声が聞こえてくる。もう彼女は頭から制服までびしょ濡れだ。なかなか止められないところへ俺は手を伸ばして、蛇口をくるくる回した。

噴水のようだった水は次第に小さくなり、やがて止まった。

「ありがとう！」

すべてがびしょ濡れなのに、屈託なく笑って礼を言われた瞬間、彼女に惹かれた。

だが素直じゃない俺は「笑っている場合じゃないだろ」とそっけなく対応した。俺も彼女ほどじゃないが濡れている。

「だって、この状況じゃ笑うしかないでしょ」

彼女はセーラー服の紺色のスカートを絞る。制服は第二中学校のものだ。

「あなたもびしょ濡れ。大丈夫？」

「さっさと帰った方がいいよ。気温は高いけどもうすぐ日が暮れるから寒くなる」

高台だから風が吹いている。濡れていなければ気持ちいい風だが。

そのとき、彼女が濡れた前髪をかき上げて笑う。その爽やかな笑顔に心臓がドキッとした。

「うん。そうする。ね、明日も来る？」

「たぶん」

「わかったっ！　明日ね！　助けてくれてありがとー」

紬希は明るい笑顔で去っていった。

翌日の放課後、高台の広場へ行くと、昨日俺が座っていた東屋のベンチに紬希がいた。

つま先で地面に丸やバツを書いていた彼女がふと顔を上げて俺の姿を認めると、パッと明るい笑顔が咲いた。

「こんにちは！」

紬希の第一印象は太陽のように明るい子だった。

「私、第二中学校の一年、秋葉紬希っていうの。あなたは？」

「教える必要ある？」

一瞬、困惑してぶっきらぼうに言い放ってしまった。

「だって、ずっと〝あなた〟って言われるより名前で呼ばれた方がいいでしょう？　私のことは紬希って呼んでね」

たしかに〝あなた〟呼ばわりは嫌だな。というか、ずっとってなんだよ。

「……溝口《みぞぐち》大和」

「大和君ね。その制服は第一中学よね？　私の家が道一本ずれていたら第一中学だったの」

人懐っこく紬希は話しかけてくる。

普段クラスの女子とは挨拶程度の会話しかしない。頻繁に話しかけられたり、バレンタインデーなどでは処分に困るほどのプレゼントをもらったりするが、そっけない態度がおもしろくないと思われるのか、すぐに距離を置かれる。

しかし、俺の寄せつけない態度にもかかわらず、紬希は話をどんどん振ってくる。

明るい彼女に惹かれ、翌週には放課後が楽しみになっていた。

もうすぐ期末テストがあるため、近くの図書館で紬希が苦手だという数学や英語を教えた。

試験が終わってから数日後、紬希は満面の笑みを浮かべて現れた。

俺の教え方がよかったからクラスで二番目の成績になったと、うれしそうに話す。

「ありがとう！　大和君はどうだった？」

「俺もまあまあだった」

「え？　まあまあ……？　私に教えてくれたから、大和君が勉強する時間がなかったとか……？」

申し訳なさそうな瞳で見つめられると、ドキドキしてきて慌てた。まだ恋を知らない俺は、純粋に紬希の表情に魅了された。

「大和君、ごめんなさい」

「別に謝らなくていいよ。まあまあというのはいつもと同じって意味で、学年で俺の上にくるやつはいなかったから」

そう言うと紬希はキョトンとなり、間を置いてから言葉を把握したらしい彼女はホッとしたようにやわらかく微笑んだ。

「大和君ってそんなにすごい人だったんだ、びっくり。……あ、今日はお礼にクッキーを作ってきたの」

俺はじつは甘いものが好きではない。知り合ってまだ一カ月にもならない俺たちは、好みの話をしたことがなかった。

だが、紬希が一生懸命作ってくれたのなら食べてみようと思った。

ラッピングされた綺麗な缶には、犬の形をしたひと口サイズのクッキーがたくさん入っている。

クッキーは甘いが、おいしいと感じた。

「ありがとう。おいしいよ。紬希も食べて」

「ううん、いいの。家にあるから。これは大和君のクッキーよ。綺麗なできあがりのものだけを入れてきたんだ」

「じゃあ、あとは家でゆっくり食べるよ」

食べたくないわけではなく、もったいないと思ったのだ。

うれしい気持ちのまま自宅へ戻った。

その日仕事から帰宅した母に、再婚と同時にニューヨークへ行くことになったと告げられた。

俺が幼稚園児の頃に父が事故で亡くなり、母は光圀商事の秘書課で働きながら養ってくれていた。その母が、創業者一族の男性、忽那氏にプロポーズされた。

忽那氏はニューヨーク支社の支社長として転勤することになったという。

今まで苦労をしていた母が幸せになれるなら忽那氏と結婚してもかまわない。俺も将来英語を話せた方が役立つだろうし、日本にいたいと固執していないから、ニューヨークへ行くことはとくに嫌だと思わなかった。

だが、ひとつだけ心に引っかかる。知り合ったばかりだが、紬希と会えなくなると思ったらなんとも表現のできない気持ちに襲われた。

翌日、午前授業の後に待ち合わせていた紬希は、自分で作ったというおにぎりを俺に三つ渡してくれた。中身は梅干しとシャケ、昆布だ。彼女の分はふたつ。紬希は梅干しが苦手で、シャケと昆布。

俺はお礼に自販機でペットボトルの冷えたお茶をふたつ買って、ベンチで並んで食べた。

「すごくおいしいよ」

柚希が作ってくれたおにぎりは、今まで食べたどんなものよりおいしく感じた。

「よかった」

食べ終えてから、俺は八月に入ってからニューヨークへ行く話をした。出発は二週間後だ。

紬希はショックを受けたような表情を浮かべたが、すぐに普段通りの明るい笑顔になった。

「向こうの学校に通うなんてすごいね。大和君ならあっという間に英語がペラペラになりそう」

あと数日で夏休みになる。彼女は北海道《ほっかいどう》の祖父母のところへ行く予定だという。

「でも、絶対にお別れを言いに戻るから」

俺がニューヨークへ行く前日に、朝から遊園地へ行く約束をして高台で待ち合わせることになった。

そして当日。いくら待っても彼女は現れなかった。

俺も紬希もスマホは持っておらず、連絡のしようがなくて途方に暮れた。

今まで感じたことのない切なさに襲われた。彼女とはそれっきり会えなくなったが、いつか胸を張って対面できるような男になりたいと思った。

◇◇◇

今日、目の前に現れた紬希はドへたくそな演技で、見合い相手だった宮崎あやめのフリをしている。

帰国後すぐに紬希を捜す調査を依頼し、昨日報告書が届いた。驚くことに、彼女はわが社の総務課で二年前から勤務していたのだ。

神様が俺たちを引き合わせてくれたに違いないと思わせるような偶然。

しかし、報告書に載っていた写真は想像とはかけ離れていた。中学一年のとき、彼女は美少女と言っても過言ではなかった。

しかし履歴書の写真はあの頃とは打って変わって、黒縁眼鏡に髪の毛をひとつに結び、極めて地味な印象だった。人目を避けるような外見で、どことなく暗い表情。

屈託ない笑顔があんなにかわいかったのに。

宮崎あやめのフリをして現れたのには理由があるのだろうが、とりあえず食事が終わるまで紬希の演技に付き合うことにした。

どうにも高飛車な態度は似合わず、ときどき素の表情がうかがえておもしろく、戸惑う表情に胸が弾んだ。

彼女は俺が昔出会った大和だとは、夢にも思っていないみたいだ。いや、あのときの約一カ月のことなどすでに忘れ去られているのだろう。

紬希は俺の出発前日、待ち合わせ場所に現れなかった。いつも約束は守っていた彼女のことだ、なにか事情があったのだろうと思う。

あの日なぜ来なかったのか、ずっと聞きたかった。

報告書によれば、父親の転勤により両親は大阪で、彼女は大学三年生の頃から江東区のワンルームマンションでひとり暮らしをしているらしい。恋人の存在については、この一カ月間の調査では見あたらなかったとある。

目の前でおいしそうにジェラートを食べている紬希の顔が、昔おにぎりを頬張っていたときの表情と重なり、もう聞かずにはいられなかった。

「ところで君は誰だ？　俺の見合い相手は？」

鋭く核心をついて言い放った。

すると、俺にふいをつかれたせいで口に入れたジェラートが気管の方へ行ってしまったようで激しい咳をする。

「ゴホッ、ゴホゴホ……コンコン」

「大丈夫か？」

タイミングが悪かった。

「は……はい。ゴホゴホ……」

激しく咳き込んだ拍子に、黒縁眼鏡が顔から外れて床に落ちた。

紬希の顔をよく見るチャンスだ。

彼女が屈んで眼鏡を取る前に席を立ち、拾った。

「あ！」

「どうぞと、言いたいところだが……」

ここぞとばかりに紬希へ顔を近づけてまじまじと見つめる。

「え？　きゃっ！」

一瞬ポカンとした彼女だが、黒い瞳と視線がぶつかった瞬間、驚きの声をあげてうしろにのけぞった。

彼女が倒れないように腕を掴んで引き寄せる。

「まったく……意外とそそっかしい？」

「……ありがとう」

目と目が合った瞬間、中学生の頃の彼女とオーバーラップした。

綺麗なのにどうして地味な姿でいるんだ？　履歴書の写真も同じだから、この見合いでわざわざ変装したわけではなさそうだ。

紬希は顎をツンと上げ、うしろでひとつに結んだ黒髪に手をやる。

「そそっかしいのではなく、急に顔を近づけるから驚いただけよ」

高飛車な態度を見せようと一生懸命な彼女がかわいくて、思わず口もとが緩む。

まったく、もうそろそろ決着をつけようか。紬希をからかうのは楽しかったが。

「この眼鏡は伊達だろう？」

「伊達ですけど、必要なものです」

必要なもの？　伊達眼鏡が？　気になりすぎるだろう。

「返してください」

手を差し出す彼女に、笑みを浮かべる。

「美人なのにこれを必要としている背景が気になるな。けど意地悪はしないでおくよ」

俺の言葉にあっけに取られている紬希の顔に黒縁眼鏡をかけてやり、隣の席に座って脚を組んだ。

紬希の戸惑いがありありとわかる。

「で、君の名前は？　宮崎あやめさんはどこに？　代理を立てるくらいこの縁談が嫌なんだろうな」

ギクッとした表情になった彼女は小さな吐息を漏らす。

「……私は秋葉紬希といいます。あやめは親友で……彼女には好きな人がいます。今日はどうしても行かなくてはならない場所があって、直接お会いしてお断りができないので、私が頼まれたんです」

さっきまでとは一転して口調は丁寧で、ドへたくそな演技をさせた宮崎あやめに怒りを覚えたが、すぐに思い直す。

苦痛だった見合いのランチが思いのほか楽しいものになったのは、宮崎あやめのおかげだ。

「ふ～ん。好きな人が。それにしても君をよこすなんて、彼女は誠実なのか無知なのかわからないな。普通バレるだろう？　電話をかけてこの縁談は無理だと言えばいいのに」

「彼女は今日、どこへ行くかご両親に知られたくなかったんです。それに忽那家と宮崎家ではかなりの力と言いますか、逆らえないと言いますか、とにかく差があるので、忽那さんから断ってほしかったようです」

宮崎あやめはどこへ行くか両親に知られたくなかった。それに俺の方から断ってほしい？

どうやら俺の見合い相手には交際している男がいて、でも見合いを断りきれず身代わりを立てたってところだろうと理解した。

「こんなバカなことを計画したお詫びはします。本当に申し訳ないと思っています。ここの食事代もお支払いします」

食事代なんてどうでもいい。

今は紬希という女性を知りたい。十四年が経った彼女を。

「困ったな」

俺がそうつぶやくと、紬希は「え？」と、困惑した顔になる。

「見合いはもう何度あったか覚えていないくらいだ。両親の見合い攻撃がうっとうしいから、宮崎あやめさんに契約結婚をしてもらおうと思っていたんだが」

母と継父は俺に結婚をしてほしいと思っている。

ニューヨークへ行った年に父親違いの弟、寛人《ひろと》が生まれ、七年後に父の帰国が決まって両親は幼い寛人とともに日本へ戻った。継父が帰国したのは、光圀商事の社長就任のためだった。

俺は向こうの大学に通っていたから単身残り、大学院に進んでMBAを取得。卒業後、光圀商事のニューヨーク支社で働き始めた。

重役や理事には親戚が多数いるが、継父は五年以内に社長の座を俺に譲るつもりでいる。それには独身ではなく既婚者が望ましいと考えているらしく、見合いをさせられたのだ。

とはいえ、宮崎あやめに結婚してもらおうと思っていたというのは出まかせで、紬希を手放す気はなかったからだ。

「首を突っ込んだ君にも責任があるよな?」

「そ、それは否定しません」

「ってことで、君には俺の恋人になってもらう」

「ええっ⁉」

紬希から俺のもとへやって来たんだ。このチャンスは逃せない。

「もとい、恋人のフリだ。両親は俺に落ち着いてほしいと思っている。あわよくば孫の顔が見たいんだ」

「だからって、恋人のフリだなんて無理があります。私はあやめのような社長令嬢じゃないですし。万が一身元を調べられたらご両親はふさわしくないと思うはずです」

「それはうまくやるから問題ない。君のことを教えてくれないか」

そう言って、スーツの袖を少し持ち上げて腕時計に目線を流す。

ここにはかれこれ二時間近くいる。

水を給仕にやって来たスタッフに会計を頼み、財布からカードを出した。

「あ！　ここは私が払います」

「その金は宮崎あやめさんに返せばいい。いや、君が時給としてもらっておくべきかもな。さて、ここを出たら一時間くらい俺に付き合ってくれ。君を知りたい」

いったん話を終わらせ、席を立った。

三、思わぬ展開

イタリアンレストランを後にして、忽那さんはエントランスに用意されていた高級外車の助手席に私を乗り込ませた。

初対面の人の車に乗るなんてと警戒心はあったが、なんせあやめのフリをしたという弱みを握られている。

高級外車はパッと見は黒に見えるけれど艶やかなダークグリーンで、車内は革の匂いがした。

帰国して一カ月と言っていたから、新車なのだろう。

それにしても、一時間くらいと言っていたけれど……。

忽那さんの先ほどの〝恋人のフリ〟の五文字に戸惑うばかりだ。

車は低重音のエンジンとともに動きだした。

「秋葉紬希さん、君の年齢は？」

「あやめと同じ二十六歳です。彼女とは高校からの親友です」

「だろうな。親友じゃなければこんなこと引き受けないだろうから」

忽那さんはハンドルを握り、危なげない運転をしながら話をする。

「君の勤め先は？」

正直に話すしかないのだろうか……。からかわれているのではなく、本当にこれから偽の恋人になるのなら、嘘をつくわけにもいかないし……。

「あの……忽那さんならもっと素敵で身分も釣り合う女性を選べるのではないでしょうか？　先ほども言いましたが、私よりもご両親が納得する方がいいと思います。恋人のフリなんかじゃなくて、これから結婚に向かってちゃんとお付き合いできる人がきっといるはずです」

「そんな女性がいたら、見合いなんてお膳立てされても断っていたよ」

困惑して二の句が継げないでいると、信号が赤になって忽那さんは車を静かに停車させる。

ふいに顔を向けられ、心臓がドキッと跳ねて落ち着かない気分に襲われる。

彼がイケメンすぎるから、反応してしまうのだ。

「で、どこに勤めている？　自宅の場所は？　後できちんと送っていくから。だが、俺が考え直してお役御免だと思っているようならそうはいかない。君は俺を騙したんだからな」

「……その件は申し訳なかったと反省しています」

「乗りかかった舟だろう？　俺が必要とするときに恋人のフリをしてくれればいい」

麗しい笑みを浮かべた忽那さんは、信号が青になって発進させる。

車は首都高速道路に乗った。

どこへ向かっているのだろう……？

それよりも、忽那さんの提案……提案という言葉はやわらかいが、脅し……？　その件を今は考えなければならない。

どうしよう……。

でも、恋人のフリをするとき、今日のように地味にしていればお払い箱になるのではないだろうか。

忽那さんは私が騙そうとしていたことに腹を立てて、嫌がらせで恋人のフリをさせようとしているのだ。

そう考えて、今は調子を合わせることにした。

「……わかりました。忽那さんが必要なときに恋人のフリをします」

前を走る車を見ていたが運転席の彼へ顔を向けると、彼の口角が上がった。

「で、どこに勤めているの？」

「じつは……驚かないでくださいね？　光圀商事の総務課で働いています」

「うちの会社か」

「はい。偶然で腰を抜かしそうになりました」

「なるほど。それは偶然すぎるな。君は俺の先輩ってわけだ」

それほど驚いていないみたいだけれど、忽那さんを見ている限りでは頭が回り冷静沈着な人なのだろうと思う。

「先輩じゃありません。忽那さんはニューヨーク支社で働いていたのでしょう？」

「本社では君の方が先輩だ。新卒入社だよな？」

彼は会話を楽しんでいるみたいで譲らない。

「いいえ。二年前に転職をしたんです」

「転職を？　中途採用されるなんて、君は優秀なんだな。どうして転職したんだ？うちの方が給料がよかった？」

前の会社で上司にセクハラをされたのが理由だが、会ったばかりの人にする話なのかと迷っていると、車はベイエリアの公園の駐車スペースに到着した。

「そんなところです」

土曜日なので、パーキングスペースには車がたくさん止められている。

忽那さんは空いているスペースを見つけて駐車させた。

「少し歩こうか」

「はい」

車から降りて歩を進めると砂浜があり、港をまたぐ巨大な吊り橋が見える。

忽那さんの後を歩き、うしろ姿を観察する。

彼は高身長でスーツ姿が似合っていて、うしろ姿だけでもイケメン度がうかがえる。

私より二十センチ？　三十センチ近く身長差がありそうだ。

ふいに忽那さんは立ち止まり、スーツのポケットからスマホを出した。

「連絡先を交換しておこう」

「……そうですね」

バッグからスマホを出す。忽那さんの番号を登録し終えたとき、突然画面が切り替わってあやめの名前が画面に映し出された。

お見合いが終わったら連絡をする予定だったがまだしていなかったので、どうだったか気になってかけてきたのだろう。

忽那さんは誰からの電話か見えたようで、「出たら？」と勧めてきた。

「はい」

スマホの通話をタップして耳にあてる。

《紬希！　気が気じゃなくて。今大丈夫？》

「う……ん、ううん」

《え？　どっちなの？》

私の返事が曖昧で、あやめの声が当惑しているように聞こえた。

「ごめん。じつはバレちゃったの」

《そっか。でも仕方ないわ。で、相手の反応は？》

恋人のフリをするように言われていることを話すべきか……。

迷っていると、耳にあてていたスマホが忽那さんに取り上げられた。

「あ！」

彼はスマホのスピーカーをタッチしてから私に戻して口を開く。

「見合い相手の忽那です」

《く、忽那さん⁉》

こういう状況じゃなければ聞き惚れてしまいそうなくらいの中低音の声に、あやめが息をのんだ姿が想像できる。

《ちょ、ちょっと！　ずいぶん時間が経っているのに、一緒だなんて！　紬希を拉致

しているんじゃないでしょうね?》

物騒な言葉が聞こえてきて慌てる。

「あやめ、拉致なんてされてないよ」

狼狽している私を見て忽那さんは楽しげに笑っている。

「そうかもしれないな」

「え?」

《もうっ! 紬希、周りに人がいるんなら助けを求めて!》

本気にした様子のあやめが焦っている。

「あやめ、本当に大丈夫だから」

「宮崎あやめさん、君の代わりを紬希にしてもらうことにしたんだ」

《ええっ⁉ 私の代わりに紬希と結婚を?》

忽那さんはわざと誤解されるように言って、楽しんでいるみたいだ。彼に呼び捨てにされて、やけにドキドキしてしまった。

でも、とっさに呼び捨てにしたのだろう。

「結婚じゃないわ。恋人のフリをするの。あやめ、こっちは平気だから、今夜電話で話すわ」

《本当に、本当？　大丈夫なのね？　身の危険はない？》

　忽那さんへ視線を向けると、彼は口もとを緩ませて肩をすくめる。日本人はほとんどしない仕草だが、さすがニューヨークにいただけあって嫌みがない。

「ないわ」

　なぜだか言いきれる。同じ会社の専務取締役だからだろうか。……ううん、口では辛辣なことを言っているけど、態度は優しい。だから大丈夫な気がしていた。

　きっぱりした口調で言いきったはずなのに、あやめは「本当に、本当に大丈夫なの？」とさらに怪訝そうに尋ねる。すると忽那さんの手が伸びてきて通話を終わらせてしまった。

「あ！」

　スマホを取られて、電源を切ってから戻された。

「今さら心配しすぎだ」

「友達思いなんです」

「それなら君をよこさないだろう？」

　とのつまり、たしかに忽那さんの言い分が合っているのだ。でも、困っているあやめを手伝ってあげたかったたし、恋人のフリをしろなんて突きつけられているけれど、それくらいはたいしたことじゃないと思い始めていた。

「で、では、連絡先を交換したことですし、ここで失礼いたします」

電源の切られたスマホをバッグの中に入れて、忽那さんに頭を下げる。

「まだだ。送ると言っただろう？　君の住まいを知らなくては偽者の恋人にはならないだろう？」

「……わかりました。では、お願いします」

初対面の男性に家を知られたくないと普通は思うはずだけど、彼はわが社の専務取締役なので、警戒心は薄れている。人事の書類を見ればすぐにわかってしまうし。

「喉が渇いたな。近くのカフェで飲み物を買ってから行こう」

来た道を引き返して、駐車スペースの道路の向こう側に向かった。

テラス席もあるカフェに入り、カウンターで彼は私になにを飲むか尋ねる。

このカフェの一押しとあった、生クリームたっぷりのアイスカフェラテを頼み、忽那さんはブラックコーヒーのアイスをオーダーした。

お財布を出した私に、忽那さんは首を左右に振る。

「紬希は言わば雇われの恋人なんだから、俺と会っているときは金を払わなくていいから」

やっぱり呼び捨てにされている。ニューヨーク帰りだし、その方が自然な感じなのかな。

「でも……」

忽那さんは無視して、カウンターで渡されたふたつのカップを持ってカフェを出る。車まで戻り、忽那さんは助手席側のルーフにふたつのカップを置き、ドアを開けて私を促す。

助手席に座ってシートベルトを装着するところまで彼はその場にいて、終わると生クリームたっぷりのアイスカフェラテのカップを手渡してくれた。

助手席のドアを閉めた彼は、ブラックコーヒーを飲みながら運転席側へと回る。なにをしていても絵になる人っているのね。

そんなことを考えているうちに彼は運転席に落ち着き、エンジンをかけた。

発進すると思っていた私は木のスプーンで生クリームを口へ運ぶが、視線を感じて彼の方へ顔を向けると目が合った。

「な、なんで見ているんですか？」

「いや、おいしそうに食べるなと。甘くない？」

「とってもおいしいですよ。忽那さんは甘いものが苦手なんですか？　そういえば、レストランでデザート食べていなかったですよね?」

「甘いものは苦手なんだ。唯一食べられるものがあったが、彼女がそれを作ってくれるかわからない」

そう言って、忽那さんはコーヒーを飲む。

「彼女って、いるんじゃないですか。それなら――」

「恋人という意味じゃないよ。さてと、自宅の住所を教えてくれ」

忽那さんはカーナビを操作して、私の住所を入力した。

マンションの前まで送ってくれて、忽那さんは「また連絡する」と言って去っていった。

時刻は十六時になろうとしている。

部屋に入って「はぁ~」と脱力し、洗面所へ行って手を洗う。

ふと顔を上げて目の前の鏡に映る自分を見る。

「こんな私のどこがよくて恋人のフリをさせるの? どう見ても忽那さんとは釣り合わないのに」

黒縁眼鏡を外して、ぼさっとしている前髪を手で梳《と》かすと顔の輪郭が出る。

もう二度とセクハラをされたくないからこの姿になっているのに、忽那さんの前では通用しないみたいだ……。

「あ！」

彼の方から宮崎家に断ってもらうよう念を押すのを忘れてしまった。

でも今のところ、私に偽者の恋人の役をさせようとしているのだから大丈夫かな……。

しかし持ち前の心配性で、夜になるにつれ不安になってきた。

あやめの望みは忽那さんの方から断ることだものね。

少し早めに休もうとスマホを持ってベッドに横たわった。

忽那さんに切られた電源を入れて起動させると、あやめから四回着信が入っていた。

心配しているのね。

あやめにかけようとしたところへ、彼女からかかってきた。

「もしもし」

体を起こしてベッドの上に座る。

《もーぅ、紬希大丈夫なの？　ずっと電源落とされているし、心配したんだから》

気をもませてしまったみたいだ。

「ごめんね。ちゃんと話すから」
最初から別人だとバレていたこと、忽那さんがあやめに契約結婚をしてもらおうかと考えていたこと、そして私に恋人のフリをしてほしいと頼まれたことを話した。
頼まれたというよりは命令に近いが。
《どんな男だったの？　声はなかなかよかったわ。癪《しゃく》に障る態度だったけど》
「どんな男って……数時間なんだからわからないよ」
父親が社長だからといって、実力がなければ専務取締役になんてなれないだろう。かっこいいだけじゃなくて仕事も有能な人なのだろうと推測できる。
《でも、恋人のフリだなんていいの？》
「首つっこんじゃったしね。あ！　忽那さんが光圀商事の専務取締役だってわざと言わなかったでしょう？」
《そうだった。紬希も同じ会社だったわね？　すっかり忘れていたわ》
あやめの口調がわざとらしくて確信犯だなと思ったが、彼女も背に腹は代えられなかったのだろう。
《じゃあ先方から断りの連絡が入るわね》
「それが、ちゃんと聞けなかったの」

《だって、その代わりの紬希なんでしょう？　まあいいわ。お父様に聞かれたら濁しておくから。あ！　聞いて。哲也のピザが大好きで東京からわざわざ買いに来た女性がいたの》

うんざりしたような声だ。

「わざわざ買いに来てくれたなんてよかったじゃない」

《ううん。きっとピザじゃなくて哲也が目あてなのよ、だからわざと仲がいいところを見せつけたわ》

「あやめらしい」

私だったらきっとできない。

「でしょう。群馬のお土産買ったから近いうち持っていくわね」

それからしばらく、あやめとの他愛のない会話を楽しんだ。

翌朝、今日こそ気になっていたカフェへ行こうと考えながら洗い物をしていたところへ、ローテーブルに置いていたスマホが鳴った。

あやめかなと思いながら、洗っていたコップをシンクに置いて急いでスマホのところへ向かう。

そこで画面に出ている名前に目を見張った。

〝忽那大和さん〟

ちょうど念を押しておきたいこともあって、急いで電話に出る。

「は、はいっ」

《よかった。避けられているのかと思った》

からかっているのか、本当にそう思っているのか、昨日会ったばかりなのでわからず答えに困る。

「コップを洗っていて……」

《突然だけど今日、恋人のフリを頼みたい》

「え？　きょ、今日ですか？」

《ああ。空いてる？　昨日、とくに予定はないと言っていたよな？》

あ……そういえばそんなことを帰りの車で話した。だけど、大抵の休日はという話で、今日予定がないとは言っていない。まあ、ないのだけど……。

困惑しながらも、会ってあやめの件を確認するためにOKしようと口を開く。

「空いています」

《三十分で迎えに行く》

「さ、三十分ですか？」
《支度に時間がかかる？　それなら下で待っているから終わったら来て》
今はほとんどメイクをしていないので、それくらいで問題はない。
「大丈夫です。では、三十分後に下りますね」
《じゃあ、後で》
忽那さんはテキパキと通話を終わらせた。

昨日と同じくまっすぐな黒髪をうしろでひとつに結ぶ。

九月に入ったといえど紫外線はまだまだ強いので、顔にUVクリームを塗るけれど、それだけ。お見合いの昨日は一応軽くメイクをしていたが、とくに気に入られたいとも思っていないのでおしゃれをする必要はない。

部屋着から、ベージュの半袖のカットソーと黒のスカンツに着替える。

ショルダーバッグに必要なものを入れてから時計を見ると、約束の五分前だった。

洗面所に置いていた黒縁眼鏡をかけてから、鏡を覗き込む。

「こんな地味な女、やっぱり恋人のフリなんて無理があると思ってくれればいい」

パンプスを履いて部屋を後にした。

マンションを出たところで、道路脇に止まっている忽那さんの車を見つけた。

車内から私を認めた彼は往来する車に気をつけながら車外へ出て、近づいてきた。

「早いですね」

そういえば、忽那さんの住まいは聞いていなかった。

「まあな。乗って」

ちょうどガードレールが切れたところに止められていて、すんなりと助手席に収まる。忽那さんが運転席に戻り、言葉も交わさないまま車が動きだす。

「どちらへ……？」

「着いたらわかる」

先に教えてくれてもいいのに……。

「日曜日だから、到着まで三十分くらいかかるはずだ」

「はぁ……」

行先を知らないのだから、うなずくくらいの反応しかできない。

「宮崎あやめさんと話したのか？」

「あ、はい。それで、忽那さんの方から宮崎家に断りの連絡を入れてくれるか心配していました」

「そのことで考えたんだが、今は彼女の家には断りを入れない方がいいと思うんだ」

「え？　どうしてですか？」

「彼女には好きな男がいるんだろう？　この縁談がなくなったとしたら、彼女には再び見合い話がくるんじゃないか？　昨晩ひとまず両親に好きな人がいると話したが、宮崎家には俺から連絡すると言ってある」

「なるほど……。そうですね。たしかに、忽那さんとの縁談がなくなってもほかにくるかもしれない。またあやめの心配事が出てきますね」

「紬希もまた彼女の代わりをすることになるかもしれない」

「一理ありますね」

あやめのことだから、また代わりにお見合いの場へ行ってほしいと頼まれかねない。

「後であやめに聞いてみます」

やっぱり忽那さんは頭が回る。

「それで、好きな人がいると話したときのご両親の反応は……？」

「怪しんでいたよ。だから、今日会うことになっていると話した。場所も伝えてあるから、本当にそうなのか確認するためにおそらく人をよこすだろう」

白いドームの野球場が見えてきた。

「そんなに慎重なんですか？」

「ああ。俺が嘘をついていると思っているんだ。そろそろ着く」

車は立体駐車場に入っていく。

「野球観戦……？」

忽那さんは口もとを緩ませる。

「いや、違う。こんな早い時間にゲームはしていないよ」

ここ一帯は遊園地やショッピングモール、スパなどもあるので、どこへ行くのか皆目見当がつかない。

まさか遊園地じゃないよね？

忽那さんのような男性がこんな場所で楽しむ姿は想像できない。

そう思っていたら、着いた先はまさに遊園地だった。

「ここでなにをするんですか？」

思わずそう聞いてしまうと、忽那さんはあっけに取られたような顔になる。

「乗り物に乗るに決まっているだろう？　行くぞ」

ふいに彼が私の手を掴み入場すると、大きな船のアトラクションに向かう。

忽那さんに手を握られた瞬間、ドキッとした。

こんなに近い距離で男性と歩くのは中学生のとき以来で戸惑う。

忽那さんの服装は白Tシャツにサックスブルーのシャツを羽織りブラックジーンズで、昨日のスーツ姿も似合っていたが、今日の彼の方が親しみやすい。

行き交う子ども連れの女性などが彼を振り返って見ている。

さながらヒーローショーのヒーローみたいにかっこいいから、もしかしたら演者本人だと思われているのかも。

「あ、絶叫系は大丈夫？」

「わかりません。遊園地で遊んだことがないんです」

私の手を取り半歩先を歩いていた忽那さんが、突として立ち止まり振り返る。

「遊園地に来たことがない？」

「はい……そんなにびっくりすることですか？」

「いや、珍しいなと思って。じゃあ、あれを見て怖いと思う？」

彼は巨大な船が前後に揺れている乗り物を指さす。

乗っている人たちの「キャー」という悲鳴が聞こえてくる。

「怖いんでしょうか……？」

乗ったことがないのでよくわからない。あの『キャー』の声は楽しんでいるのかもしれないと解釈できるし。

「それなら乗ってみればわかる」

忽那さんは並んでいる列の最後尾に私を連れていく。

アトラクションには一度に大人数が乗れるので、少し待っただけでスタッフに席へ案内された。

真ん中の列に座って、初めての乗り物にドキドキしているうちに動きだした。急上昇してうしろ向きに急降下する。

浮遊感に戸惑ったけれど、それほど怖くない。

隣の忽那さんは楽しそうに笑っていた。

二分足らずのアトラクションを降りて、感想を聞かれる。

「なんか、脳みそをその場に置いていって、それから戻るみたいな感覚でした」

「脳みそ？　おもしろいな。でもわかる気がする」

彼はアハハと豪快に笑った。

「遊園地、おもしろいですね。忽那さん、次はどれに乗りますか？」

「忽那さんはやめて。恋人に見えないし、聞かれたら疑われる」

「あ……。で、でも、本当にご両親はこんなところに人をやって確認させるんですか？」

人々で賑わっている辺りへ視線を動かすが、大和さんの手が私のこめかみの辺りに触れ自分の方へ向けさせる。

目と目が合い、恥ずかしくなって頬に熱が集まってくる。

「おそらく父の秘書がどこかで見ている。俺のことは大和と呼んで」

大和……そうだ。彼の名前は〝やまと〟。

懐かしい、淡い恋心をいだいた人の名前だ。

「専務取締役のことを呼び捨てになんてできません」

「会社ではほとんど関わりがないのに？　それよりも俺たちは恋人契約をしているんだから、本物らしく見せないとな」

「こ、恋人契約？　恋人のフリです」

恋人のフリから恋人契約に変わっていて、驚く。

「恋人契約も恋人のフリも似たようなもんだろう？　とにかく、俺のことは大和だからな」

屈託ない笑顔を向けられて、心臓がドクッと跳ねる。

「で、では……大和さんで」

「〝さん〟付けか。まあいい。じゃあ次行こう。ひとつ乗ったらアイスでも食べて休憩しよう」

あたり前のように手を握られ、次のアトラクションへ向かう。彼は遊園地を楽しむ子どもみたい。

忽那さん……大和さんのペースにどんどん巻き込まれていく。

出会って間もない男性だけど、不思議と手を握られても嫌だとは思わなかった。

乗り物でのシューティングのアトラクションも思っていたより楽しくて、シートに揺さぶられながら夢中になって目標に打ち、終わったときには腕が疲れていた。

点数を競うゲームで、大和さんは最高得点をたたき出した。

「はぁ～、上手なんですね。この遊園地に何度も来てやっていたとか……？」

「ここに来たのは初めてだ。向こうで銃の扱い方は習ったよ。まあ、まったく違うものだけどな」

「え？　銃を？」

銃社会で生活していたから習うものなのかもしれないけれど、身近にそういった人がいないから驚いた。

「じゃあ、次はアイスだな」

売り場へ足を運び、私がアイスを選んでから近くにある簡易的な丸テーブルに座っているように言われて大和さんから離れる。

椅子に腰を下ろして、辺りを見回す。近くに家族連れが何組もいて賑やかだ。

こんな時間を過ごすのは初めて……。

大学生のとき、アルバイトがない日には遊びに行くこともあったが、転職してからの休日はほとんど家にいるか、カフェ巡りをするくらいになっていた。

今まで遊園地へ行きたいと思うことはなかった。両親は大阪へ引っ越すまで共働きだったから、夏休みの旅行以外、休日はいろいろと忙しく連れていってもらったことはない。

昔想いを寄せていた彼と過ごす最後の日に遊園地を予定していて、やむをえず約束を破るしかなかった。そのことが原因で、心の奥底で遊園地を封印していたせいなのかもしれない。

それがまさか、同じ名前の人と遊園地に来ちゃうなんて……。

行き先を知らされていたら断っていた。

でも、いつまでも淡い初恋を心に留めておかずに、好きな人を見つけるべきなのかもしれない。

「お待たせ」

大和さんがアイスとアイスコーヒーを持って戻ってきた。

「ありがとうございます」

ラムレーズンのアイスクリームを受け取り、対面でなく隣に座った彼にお礼を言う。

ペロッとアイスクリームをなめると、ラムの味が口の中に広がり頬を緩ませる。

「うまい？」

「おいしいです。甘いのが好きじゃないなんてもったいないですね」

彼は笑ってアイスコーヒーを口へ運ぶ。

「ところで、見張り役の人――」

「しっ」

カップをテーブルの上に置いた大和さんは私の方へ体を傾ける。

「うしろの新聞を広げている男がそうだ」

「え？」

いつの間に監視されていたのかと驚いて、うしろを向こうとしたがふいに肩に大和さんの腕が回る。

「何気ないそぶりで見ろよ」

「あ、はい」

言われた通りアイスクリームをなめながらうしろへ顔を向けた。テーブル二個ほど先に、不自然に新聞を広げている男性がいる。

まさかデートを確認する親なんて……と信じていなかったが、家族連れが多い中、テーブルにひとりでいるなんておかしい。休日の遊園地にスーツ姿の中年男性がひとりでいる様子は浮いていて、大和さんの話は本当なのかもしれないと思い始めた。

「父の秘書だ」

「お父様は切実に大和さんに結婚してほしいと思っているんですね」

本当に騙してしまっていいのか、気持ちが揺れる。でも、あやめのためにもこのまま恋人のフリをして、その間に大和さんが愛せる女性と出会えばいいのだ。彼のような人なら、社内でも仕事関係でも、そして交友関係からでも素敵な女性が現れるに違いない。

「ああ。そうなんだ。食べ終わったら……」

大和さんはジーンズのポケットに入っていた園内マップをテーブルの上に広げる。

「これに乗りに行こう」

ジェットコースター的なアトラクションのようだ。

「いいですね、行きましょう。食べちゃいますね」

アイスクリームを食べ終え、大和さんもカップが空になると立ち上がる。

そこを去るとき背後へ顔を向けたが、新聞を読んでいた男性はいなくなっていた。

手をつなぎながら歩き、混雑してきた園内を進み目あてのアトラクション乗り場に到着した。

若い男女が並んでいて、二十分ほど待って順番がきた。その間、大和さんに「君の家族の話をなにも知らないのではおかしいから教えてほしい」と言われ、軽く話した。

ジェットコースターの席に座り、係員にシートベルトをチェックされる順番を待つ。

どんな乗り物なのかわからないので、ドキドキしてくる。

「紬希、こっちを向いて」

大和さんに呼ばれて彼の方へ顔を向けると、黒縁眼鏡が外された。

「あ……」

「飛んだら危ないから俺が持ってる」

大和さんは胸ポケットに眼鏡を入れてしまった。

そこへ係員がシートベルトをチェックしにやって来て、話の続きをする間もなくジェットコースターは動き始めた。

先ほどの船のアトラクションとは違う動きで、かなり高いところから急降下した。ギュッと体に力が入り水面が間近に……と思っていたら、バシャンと水しぶきが全身に降りかかった。

それほど水はかからないだろうと高を括っていたのに、ジェットコースターから降りると髪の毛から服までかなり濡れていてびっくりした。

「けっこう濡れちゃったな」

大和さんも頭からけっこう水がかかったみたいだ。

髪の毛が水に濡れて男っぽさが加わり、心臓がドキッと跳ねた。

「でも楽しかったです」

笑顔を向けると、彼は一瞬切れ長の目を大きくさせてから口もとを緩ませる。

「よかった。俺もだ」

そう言って、腕時計へ視線を落とす。

「もう一時を回っていたのか。ここを出てランチにしよう」

再び手をつながれて出口へ向かう。

この人はごく普通に手を握るのね。私は恋愛経験がないけれど、あまりにも自然で、手を握られるのがあたり前みたいな感覚になっていく。とはいえ本当のところ、彼に聞こえそうなくらいドキドキしていた。

連れてこられたのは近くの高級ホテルで、一階にいくつかのブランド店が入っており、そのひとつに忽那さんは歩を進める。

「ここで買って着替えよう」

「着替えなくてもすぐ乾くと思いますが。それに少し濡れたくらいでお高い服なんて」

「これからランチを食べるのに濡れたままでは気持ち悪いだろう？　エアコンの冷風で風邪をひいてしまうかもしれない。紬希には払わせないから安心しろよ」

強引に店の中へ歩を進めて、私にどれがいいか尋ねる。

辺りを見回して、シンプルな黒の半袖のAラインのワンピースがかけられている前へ行く。

「それもいいが……こっちの方がいい」

隣にあった同じデザインのレモンイエローの方を示す。

「きっとワードローブには似たような色ばかりなんじゃないか？」

たしかに私のクローゼットの中には明るい色味の服はない。

「同じような服なんてもったいないだろ。これに決めよう。俺のシャツを選んでくれないか？」

「え？　あ！」

それでも黒いワンピースがいいと意思表示する前に、大和さんはレモンイエローのワンピースを店員に渡し、男性服売り場へ向かう。

簡単に決めちゃうけど、ちらっと見えた値札は普段私が買う服と一ケタ違う。

レモンイエローのワンピースの袖はふんわりとチューリップ形になっており、シンプルだがウエストが絞られていてフェミニンな印象だ。

男性のシャツを前にして「選んで」と言われる。

「私が選んでいいんですか？　派手な色を選んじゃうかもしれないですよ？」

黒じゃなくてレモンイエローのワンピースを選んだ仕返しにと、ニコッと笑う。

「俺、なにを着ても似合うから好きにして」

まったく、彼は自分の魅力をちゃんと自覚しているのね。

「わかりました。では選ばせていただきます」

Tシャツや襟付きのシャツを見ていく。

どうしようかな……。

彼は百八十五センチはありそうで、モデル張りのスタイルだから、なにを着ても似合うだろう。

「決まった？」

ふいに背後から耳もとで声がかかり、ドキッと心臓が跳ねる。

「い、今考えているところです」

数歩、ぎこちなく大和さんから離れる。

心臓がドクドク早鐘を打つのは突然だったからよ。早く決めよう。

仕返しとまでは本気で思っていないが、綺麗なベビーピンクの襟付きシャツが目に入って手に取る。それから白Tシャツも選んだ。どちらも驚くほど高い。

「これにします。今と同じスタイルですが、男性の服装がわからなくて」

彼に両方を見せると、楽しそうな笑みが広がる。

「自分はダーク色を選びたがるのに、俺には違うってことは、仕返し？」

「ち、違います。きっと似合うと思って」

「ふーん、そうなんだ。俺のこと、わかってるな」

首を振りつつ否定すると、彼はわけ知り顔でニヤッと笑う。

「じゃあ会計を済ませて着替えさせてもらおう。少し寒くなってきた」

私も実のところ、少し寒さが不快だった。エアコンで冷えてきたのかもしれない。

着替えを済ませてから、レモンイエローのワンピース姿で大和さんの前に立つ。久しぶりにおしゃれして、気持ちが浮き立ってくる。

彼も白Tシャツにベビーピンクのシャツを羽織っている。ブラックジーンズはそのままで、胸ポケットに私の黒縁眼鏡が入っていた。

「ワンピース、ありがとうございました」

レジ前で支払うと言っても『さっき言ったこと忘れたのか？　昨日も話したが』と、お財布を出させてくれなかった。

「紬希は明るめの服の方が似合うんじゃないかな」

「顔が暗いからですね？　それより、眼鏡を返してください。落ち着かないんです」

手を差し出すと、眼鏡は戻されずに握られる。

「落ち着かない？　今まで忘れていたのに？　腹が減ったな。食事に行こう。なにが食べたい？」

たしかに今まで忘れていた。

「……なんでもいいです」

「言ってくれた方がいい」

「じゃあ……ハンバーガーが食べたいです」

「俺が払うと思って遠慮しているのか？　コース料理でもいいのに」

「ふふっ、素敵な恋人ですね。でも、違います。ときどきジャンクフードが食べたくなるんです」

「ＯＫ。さっき見かけたレストランへ行こう」

大和さんは出口に向かって歩き出す。

入った店はブルックリンスタイルのシックなインテリアで、ソファ椅子や木のテーブルが落ち着いた雰囲気だ。

ハンバーガーは本格的なパテが入った高さのあるもので、ほかにもタコスやケサディーヤ、ナチョスといったメキシカン料理もあってそちらの方が写真で見るとおいしそうだ。

大和さんも私に賛同し、任せると言うと彼は適当に選んでくれた。

私たちはノンアルコールビールを飲みながら、ナチョスをつまむ。

辛味のあるチキンウイングが運ばれてきた。

「んー、おいしいです」

「ビールが進むな」

そう言っておいしそうにノンアルコールビールをゴクゴク喉に流す。動く喉仏をふいに見てしまい、わけもなく鼓動が暴れ始め、視線を料理に落とした。

意識をチキンウイングに向けお皿に取り分けようとしたが、フォークがツルッとすべり刺せない。

何度か繰り返していると、大和さんが笑う。

「こういうのは手で食べるのがうまいんだ」

彼は指先をおしぼりで拭き、チキンウイングを手で掴んで口へ運ぶ。普通だったら粗野に見える動作も、大和さんは上品な妖艶さが漂っていて、ドキッと動揺して目を逸らす。

「ひとりだったらやってます。御曹司なのに手づかみで食べるなんて意外です」

「紬希も手で食べてみれば？」

返事の代わりに思いきってチキンウイングを手で取って、パクッと食べる。

手掴みで食べるなんて、こうして素の自分を男性の前で出すのは初めてだ。

昨日はとんでもない条件を突きつける人で、義務的に付き合うしかないかとあきらめに近い気持ちだったけれど、今は楽しいとさえ思っている。

「なあ、俺の前だけでも自分の好きなように着飾ったり、素直な感情を出してみてはどうかな？」

「え？」

「なにがあったか知らないが、本当の自分を隠しているんだろう？」

「な、なにを言っているんですか」

大和さんの鋭さにびっくりして動揺する。

食べかけのチキンウイングをお皿に置いて、紙ナプキンで指先を拭き、グラスに手を伸ばす。

「まあいい。そのうち自分の殻から出させてみせるよ」

自信に満ちた物言いにあっけに取られるが、私の中で彼の印象が少し変わったみたいで言い返せない。

彼の言動、態度を私は受け入れていることに気づいた。

大和さんは胸ポケットから黒縁眼鏡を出して、私の目の前に置いた。

眼鏡を手にしてかける。

「これで落ち着けます」

それは本当の気持ちなのだろうか？　でも、なんでそんなふうに考えてしまうの？

大和さんといると、自分のペースが乱される。

おなかを満たしてレストランを後にし、大和さんは腕時計へ目を落とす。

「三時半か。しばらく腹も空かないだろうし、もう一度遊園地に戻るか」

「戻る……？」

キョトンと首をかしげて大和さんを仰ぎ見た先に、いたずらっ子のような笑顔の彼がいた。

「まだ乗り足りなくないか？」

「ふふっ、子どももみたいですね」

「かもしれない。ここにずっと来たかったんだ」

「思い入れのある遊園地なんですね。いいですよ。気の済むまで付き合います」

彼に手を引かれて遊園地へ戻り、まだ乗っていない乗り物で辺りが暗くなるまで遊んだ。

夕暮れ時、楽しそうに屈託なく笑う忽那さんに、中学一年生で出会った彼の笑顔が重なる。

中学生と笑顔が一緒って、忽那さんは子どものように全力で遊ぶ人みたい。

二十時過ぎ、自宅に戻った。

玄関のドアを閉めて、心地よい疲れを感じながらベッドにポスンと腰を下ろす。

すっかりごちそうになってしまった。銀座へ移動して、老舗のお寿司屋さんで極上のにぎり寿司をいただいた。

何度もお礼を言わなくていいと言われたが、やはり気が済まないので別れ際にも伝えた。

彼は『楽しかったよ。紬希は？』と尋ねた。

私の返事も『楽しかった』だった。それは嘘ではなく本心から。

大和さんはまた連絡すると言って、車で去っていった。

「さてと、お風呂入ろう」

ベッドから腰を上げて伸びを一回してから、バスタブの湯張りをしに向かった。

四、私の心をかき乱す人

数日後、大和さんから【出張でニューヨークに行ってくる。また連絡する】とメッセージがきて、その後一カ月が経ち、十月もあっという間に半分が過ぎた。朝晩は薄手の羽織るものが必要になってきた。

彼の連絡を待っているわけではないけれど、音沙汰がないことにあれこれと考えを巡らしてしまう。

あれこれとは、恋人のフリをしなくてもよくなったのか、好きな女性が現れたのか、忙しいのかなどだ。

五階の総務課と三十一階の重役室フロアとでは、まったく世界が違うみたいに会うこともない。

「おはようございます」

総務課と経理課がワンフロアを使うドアを開けて、誰ともなしに挨拶をして自分のデスクへ歩を進める。

着席してパソコンの電源を立ち上げているうちに、隣の席の二歳年下の松下愛華《まつしたあいか》さんが「おはようございまーす」と現れた。

愛華さんは肩甲骨辺りまであるブラウンの髪を緩く巻いていて、服装はいつも明るい色味でゆるふわ女子だ。ちなみに制服はなく、ジーンズ以外なら問題はない。

大学卒業後に入社した彼女と私は同期にあたる。

「おはようございます」

「紬希さん、おはようございます。聞いてくださいよ。さっきロビーでめちゃくちゃイケメンを見かけたんですが、社内の人なんでしょうか。紬希さん、知ってます?」

めちゃくちゃイケメン……。

大和さんの顔を思い出す。

「イケメンといっても、好みで全然違うし……」

「好みうんぬんじゃないですよ。本当にかっこいいんです。身長は高くて、脚も長くて、スーツがよく似合っていました」

愛華さんの描写にますます大和さんなのかもと思う。そうだとしても私が知っているのは不自然だ。

「取引先の人かもしれないね」

「ですよね~、あんなに素敵な人がわが社にいたら噂が飛び交っているでしょうし」

彼女は納得して、コーヒーを入れに行った。

さてと、仕事仕事。

立ち上がったパソコンで各部署の名刺依頼書のファイルを開く。

日本の主要都市や海外に点在する支社で働く人数はのべ三千人を超える。さすがに海外支社の名刺は管轄外だが、国内のものは本社の総務課でまとめて業者に発注依頼している。

土日を挟んで月曜日の今日は、いつもよりも依頼数が多い。

チェックしていく途中、ひとりの名前で目を留める。

依頼は秘書課からで、【専務取締役〝忽那大和〟】とあった。

かれこれ大和さんが本社に来てから二カ月が経っている。以前どのくらいの枚数でいつ発注したのか確認する。大量に刷ったはずの名刺はなくなってきているらしい。

それだけ彼はたくさんの取引先と会い、商談で忙しいのだろう。

終業時間になって、いつもと違う地下鉄に乗って銀座《ぎんざ》へ向かう。今日はあやめと約束をしている。

週の初め早々に夜会うなんて珍しいが、あやめの都合で今日になったのだ。彼女が多忙なのも理由のひとつだが、群馬のお土産の賞味期限が迫っているらしい。

先日の遊園地から帰宅した後、お見合いの件であやめに連絡を入れてある。

断りの連絡を入れた際、あやめに再びお見合いの話が来てしまうのではないか、それであれば宮崎家にはしばらく断りを入れない方がいいと刹那さんから提案されたとメッセージを送っていた。

【それもそうね。付き合っているように見せかければ、私も哲也と会いやすいもの】

あやめからは安堵した返事が戻ってきていた。

待ち合わせのレストランはカジュアルダイニングの有名店だ。

銀座の大通りから少し入ったところにあるビルのエレベーターに乗って、レストランのある階で降りる。

広々とした空間でたくさんの人が食事をしているが、銀座ということもあって外国人の姿が目立つ。

入口で予約の〝宮崎〟を名乗ると、すでにあやめは到着していてテーブルに案内される。

「紬希、おつかれ〜」

私の姿に、四人掛けのテーブルに着いていたあやめは軽く手を振る。

「お疲れさま」

彼女の対面の椅子を引かれて座り、隣の椅子にバッグを置く。

「忽那さんの件は本当にありがとう！　助かってるわ」

「哲也さんとはうまくいってる？」

「もちろんよ。週末の外出は忽那さんと会っていると両親は思っているわ」

「社長令嬢もはたから見れば恵まれているように思われるけど、大変よね」

そこへスタッフがテーブルにやって来て、私たちはディナーコースと白ワインをオーダーし話を続ける。

「あ、これお土産。渡すのが遅くなってごめんね」

あやめにショッパーバッグを差し出され受け取る。中にたくさん入っていて目を丸くするが、あやめらしいと思った。

「こんにゃくに、ひもかわうどん。お菓子もおいしそう。ありがとう」

「紬希にしてもらったことに対してこれだけじゃお礼にならないわね。ここは私がもつからどんどん飲みましょうよ」

「ううん。忽那さんは思ったよりいい人よ。将来的には哲也さんより――」

「そこまで、そこまで」

あやめが綺麗にメイクした顔をしかめる。

「御曹司でいい人でも、私は哲也を愛しているの。哲也しか目に入らないの。お金なんて関係ないわ。本当は今すぐ家を出て彼と同棲したいんだけどね、彼がお父様の許しが出るまで我慢しようって」

「そんなところまで……」

同棲を考えていたなんて驚きで、ポカンと口を開けたままで彼女を見つめる。

「驚かせちゃった？」

「あやめ、応援するよ。高校から見ていたけど、そんなに好きになった人はほかにいないものね」

「ありがとう」

そう言ってあやめはふふっと笑う。

そこへ前菜と白ワインが運ばれてきた。

カニの身のサラダをパイ生地の上にのせたものや、アボカドクリームがかかったクリスピーポテトなど、白ワインに合う前菜だ。

私たちは乾杯をしてグラスに口をつける。

キリッと冷やした白ワインは喉を通って、かぁっと胃の中で熱くなる。

「なかなかおいしいわね」

あやめは満足そうにグラスを置いて、ひと口サイズのカニパイを食べる。

「ね、忽那さんの無茶ぶりはどうなった？」

「一度、お見合いの翌日に遊園地へ連れていかれたの。ニューヨークに出張すると
メッセージをもらってから、音沙汰なしよ。もうお役御免になったかもしれない」

「ってことは、約一カ月？　それでいいのよ。お見合いに行ってもらって罪悪感が
あったし、紬希の時間を忽那さんに取られないで済むならよかったわ」

本当にそれでよかったのかなと、スッキリしない。

「どうしたの？　御曹司が好きになった？」

「え？　そ、そうじゃなくて……」

「寂しそうな顔をしていたわよ。会いたいのなら、電話をかけてみればいいじゃない」

あやめの言葉になにも言えない。自分の気持ちがわからないのだ。

アサリのパスタがテーブルに置かれる。

「紬希は異性に対して線引きしちゃうでしょう？　でもこの先、恋人つくらないなん
て寂しいじゃない。強要しているわけじゃないのよ、紬希の気持ちを尊重するわ。冷
めちゃうわね。食べましょう」

私はまだ二度しか会っていない忽那さんに惹かれている？

わからないわ……。

自問自答しても答えは出てこない。

結局のところ、忽那さんがもう私に会いたくなければ誘われないのだ。


大和さんから連絡があったのはその週の金曜日の夜だった。

帰宅して帰りがけに買ってきたコンビニのお弁当を食べようとしたところに、ローテーブルの上に置いたスマホが着信を知らせた。

大和さん……。

画面に表示される名前にドクンと心臓が大きく跳ねた。

大きく深呼吸をしてから通話をタップする。

「もしもし」

《おつかれ、まだ社内にいるってことはないよな？》

時刻は二十時を回っている。

「家に着いてます」

《だよな。食事して送っていこうと思っていたんだけど、急な会議が入って気づいた

らこの時間になってた》
食事を……。
「忙しいんですね」
《まあな。今日はあきらめる。明日は空いてる？》
誘われてうれしいと思った。私はこのときをずっと待っていたの？
「……予定はないです」
《よかった、ドライブへ行こう。少し遠出をしたいんだ、朝七時半に迎えに行っても大丈夫？》
「はい、時間は問題ないです。ドライブ？　どこへ？」
《行きたいところはある？》
そう聞かれると、どこも思い浮かばず「いいえ」と答える。
《じゃあ、着いてからのお楽しみってことで》
「え？　またそれですか？」
《俺って、サプライズが好きなんだ》
「それはサプライズっていうよりは、秘密主義なのでは……？」
《どのみち、車を走らせていればどこへ行くかわかると思う。じゃあ、七時半に》

約束をして通話が切れる。ドライブ……いつも彼は突然誘う。

私は大和さんの連絡を待っていたのかもしれない。誘われてホッとしたような、彼にどう接していいのか、でも明日会うと思うと気持ちが浮き立ってくるのも確かだ。とどのつまり、私は大和さんに会いたかったのだ。

前回も食事代を払わせてもらえなかったし、今回もきっとそうだろう。

朝食は食べてくるかな？　家族と住んでいるとしたら食べてくるかもしれないけれど、いちおうおにぎりを持っていこうか。御曹司には庶民的すぎるかな……。

冷蔵庫の中にはほとんど食材がないが、瓶に入ったほぐされたシャケと塩昆布くらいならあるから、ご飯を炊けば作れる。

とりあえず作って持っていこう。気持ちの問題だしね。

翌朝、出社する日と同じ時間に目を覚ますと、炊き立てのご飯の匂いがしていた。

「さてと、着替えてからおにぎり作ろう」

前日、黒いワンピースにしようと決めていたが、クローゼットを開けるとレモンイエローのワンピースが目に入った。彼が買ってくれたものだ。今日はこっちにしようかな。半袖なので、グレーのカーディガンを羽織れば寒くないだろう。

着替え終わると、狭いキッチンへ立つ。

シャケと塩昆布のおにぎりを三個ずつ作り、合計六個を保冷バッグの中へしまう。

昨晩、電話の後にコンビニへ行ってペットボトルのお茶を買ってきたので、それも一緒に入れた。

「わ、あと十五分！」

洗面所へ行き、ＵＶクリームだけつけて、黒縁眼鏡をかけようとしたところで手が止まる。

大和さんの前ではかけなくてもいいか……。

この二年間、彼に眼鏡を奪われたとき以外、ずっと肌身離さずだった。

また取られて万が一壊れたりすると困るし……。

黒縁眼鏡は洗面台に置いて部屋に戻った。

マンションの下へ行くと、前回と同じ場所に美しいフォルムの車が止まっており、大和さんは外に出ていた。

「おはよう」

「おはようございます」

彼の笑みにつられて口もとを緩ませる。

大和さんも前回買ったベビーピンクのシャツを着ていて、同じことを考えていたのかと心が浮き立つ。

黒縁眼鏡をかけていないことになにか言われるかと思ったが、大和さんはなにも言わずに助手席のドアを開けた。

私が座ると助手席のドアが閉められ、彼は車の前を回って運転席に着いた。

「荷物はうしろに置けばいいよ」

膝の上に置いた保冷バッグが邪魔だと思ったのだろう。

「あの、朝食はお済みですか？　おにぎりを作ったんです」

「おにぎりを？」

意外そうな顔をされてしまい、困惑して慌てて口を開く。

「あ、無理に食べなくてもいいんです。先日、ごちそうになってしまったので、小腹が空いたときにどうかなと思って作っただけで」

「パーキングでなにか食べようかと思っていたんだ。気にしなくていいのに。でも、紬希がおにぎりを作ってくれたなんてうれしいよ。それならお茶だな。あそこに自販機がある、買ってくる」

「お茶も持ってきました」

車から降りようとする大和さんを引き留める。

「ペットボトルですが」

「気がきくな。ありがとう。それじゃあ、高速に乗ったらいただくよ。朝食はまだなんだ」

「はい」

車が静かに動き始める。

彼は運転に集中しているのか会話がなく、なんとなく気まずい。

「……先日、専務取締役の名刺を多めに発注しました」

「秘書が依頼すると言っていたな。そろそろ挨拶回りは終わるから、名刺の減り具合も落ち着くと思う」

幹線道路から首都高速道路を走り、中央道に乗った。

「おにぎりをくれるか?」

「はい。シャケと塩昆布しかないんですが、どちらにしますか?」

「両方。まずはシャケがいいかな」

「たくさんあるので、いくつでも食べてください」

保冷バッグからシャケのおにぎりを出して、食べやすいようにラップを少し外してから渡す。

「いただきます」

彼は運転しながら、おにぎりを大きな口で食べる。

ペットボトルのお茶も出してキャップを開けると、運転席と助手席の間のドリンクホルダーに置いた。

「うまいよ」

「よかったです。シャケは瓶に入っているものだし、おかずもなくて恥ずかしいんですが」

「おにぎりで充分だよ」

すんなりと言葉にできるのは、本当にそう思ってくれているからなのかもしれない。

私もシャケのおにぎりを食べ始める。

窓から見える景色は緑が多くなって爽やかだ。晴天で気持ちがいい。

ドライブなんて、大学一年生のときの家族旅行以来でずいぶん久しぶりだ。

十月の気候のいいときなので、中央道はしばらくすると渋滞になった。

大和さんはおにぎりを三つ食べた。

「そうだった……日本の渋滞を忘れていた……」

前の車が渋滞で止まり、大和さんが静かにブレーキを踏む。

「ドライブは無謀だったか」

「運転は大変かもしれませんが、景色は楽しめています」

「俺は大丈夫。景色は……そうだな。おそらく十二時には現地に到着できると思うが」

「渋滞は仕方ないですから。家族旅行では毎回渋滞にはまっていました。今は父の転勤で両親が大阪にいるので、一緒の旅行はしばらくしていないです」

「ご両親にはときどき会ってる？」

車は少しずつ前へ進んでいる。

「お正月とお盆の年に二回くらいでしょうか」

「二回か。少ないいんじゃないか？ 寂しくない？」

「でも頻繁に電話で話していますから。寂しさはありますが、慣れちゃったみたいです。あ！ 富士山《ふじさん》。もしかして行き先は……」

「ビンゴ。頂上に少し雪があって綺麗だな」

「富士山を近くで見られるなんて小学校の遠足以来です」

そんな話をしているうちに渋滞が解消されてきて、車は徐々にスピードを上げていった。

十一時過ぎ、河口湖《かわぐちこ》のボートハウスに到着した。

助手席から降りて、すぐ近くに見える富士山に感嘆の声をあげる。

「雲がないからくっきり見えて素敵ですね」

スマホを片手に富士山の写真を撮る。

「天気がいい日は湖に逆さ富士が映るらしいよ」

「見に行きましょう！」

湖の方へ足を運ぶと、黄色のスワンボートや竿を垂らしているボートがいくつも浮かんでいるのが目に入る。

「本当に湖に富士山が写ってますね。綺麗です」

スマホで清々しく美しい景色を撮る。

「乗ろう」

「え？」

手を引っ張られ、大和さんはスワンボートの乗車の手続きをする。

係員に案内されて、私たちはふたり乗りのスワンボートに乗った。

「いってらっしゃーい」

元気のいい係員の男性にスワンボートの天井をポンと叩かれ、漕ぎ始める。

「すごーい。自転車みたい」

運動不足の私は貸し切りの一時間で筋肉痛になるかもしれない。それでも初めてのスワンボートは楽しくて、一生懸命脚を動かす。

彼も楽しんでいるみたいだ。

遊園地のときも思ったけれど、短期間でこんなふうに同じ時間を楽しめるようになるなんて不思議だ。

ふいに漕ぐ脚を止めた大和さんが私の方へ顔を向ける。

「今日は眼鏡していないんだな」

「それ、今言います？　普通会ったときに言いませんか？」

笑いながら突っ込むと、彼は目じりを下げて笑う。

「会ったときに指摘したら、じゃあかけますって言われるんじゃないかと思ったんだ」

「今日は持ってきていないですよ」

「殻から出すのに、一歩前進だな」

「……不思議とふたりでいるときは眼鏡をかけなくても安心するんです。あ、きっと偽の恋人契約だからですね」

湖の上にふたりきりだけど、彼となら大丈夫という安心感があって、ゆっくり漕ぎながら自然の空気を楽しんでいる。

「安心か……。なにがあったかまだ話せない？」

動かしていた脚を止めて、彼へ顔を動かす。

「……以前はおしゃれを楽しんで、髪も染めたり巻いたりしていて、メイクもきっちりしていたんです。でも転勤してきた営業部長が『俺を誘っているのか？』って、体に何気なく触れてきたり、終業後食事や飲みに行こうと言ってきたり。やんわり断ってもだんだんしつこくなってきて……」

二年以上前のことだけれど、あのときの上司の顔を思い出すと鳥肌が立ってくる。

「そうだったのか……。会社へは？」

いつの間にか大和さんも漕ぐ脚を止め、スワンボートは静かな湖面の上でゆらゆらしている。彼の眉根は寄せられていた。

「人事部長には何度も言ったんですが取り合ってもらえませんでした。揚げ句の果てには、私が誘っているんじゃないかと……」

「ひどいな……だから、転職して伊達眼鏡と服で自分を地味に見せていたのか」

「はい。最初は慣れませんでしたが、しだいになじんできて今では定着しました」

「俺は初対面のときから、黒縁眼鏡をかけていても綺麗な女性に見えたよ。あ、こんなことを言ったらセクハラ発言に取られるか」

大和さんは自虐的に微笑む。

「ふふっ、落ち込んでいると思って私が綺麗に見えただなんてお世辞を言わないでください。メイクをしていたから綺麗に見られたんです」

「今日はメイクしていないだろ？　それでも素肌には透明感があって綺麗だよ」

褒められることに慣れていないので照れる。

「……大和さんって、俺様で策士だなって思ったんですけど、今はちゃんと相手のことを考える人なんだなって」

「俺が俺様で策士？」

「お見合いのとき、偽者だってわかっているのに調子を合わせて丁寧な口調だったじゃないですか。問いつめられたときは、内心怖かったんですから。でも今は……」

どういっていいのかわからなくて言葉を切ると、彼が顔を近づける。

「今は？」

優しく問われて困惑する。

「わ、わかりません。とりあえず今は恋人のフリをするだけ。出番は少ないですし」

すると、大和さんは美麗な顔をふっと緩ませた。

「もしかして出番を待っていたとか？」

「そういうわけじゃ……あ！　時間大丈夫ですか？」

大和さんは腕時計へ視線を落とす。

「あと十分だ」

しかし、ボート乗り場からはかなり離れてしまっている。

「漕ぐぞ」

「え？　は、はいっ」

一生懸命脚を動かしているうちに、意味もなくおかしくて笑いが込み上げてきた。

私、とても楽しんでる。

残り二分でボート乗り場に到着し、スワンボートから降りて桟橋《さんばし》に足をつけた瞬間ふらつく。

よろけそうになったところを、先に降りていた大和さんに腕を掴まれる。

「大丈夫か？　歩ける？」

「はい。ちょっと脚に力が入らなくて。明日は筋肉痛決定ですね」

またよろめかないよう気遣う力強い腕に支えられて、車まで戻った。

助手席に乗せられると、「ちょっと待ってて」と言って彼は車から離れ、カフェラテのペットボトルを買って戻ってきた。

運転席に座った大和さんは渡してくれる。

「ありがとうございます」

彼はキャップを開けてブラックコーヒーを飲む。

「そろそろランチにしよう。運動したから腹が減っただろう?」

ペットボトルをドリンクホルダーに置き、大和さんは車を動かし目的地に走らせた。

湖畔にある美術館内のレストランで、マッシュルームソースのかかった甲州《こうしゅう》ワインビーフのハンバーグのランチを頼んだ。テラス席は湖と富士山の絶景が望めてとても雰囲気がいい。

何種類もの花が咲いている美しい庭園を眺めながらの食事に舌鼓を打ち、ゆったりと楽しむ。

「素敵なところですね」

「のんびりできてなかなかいいな。そうだ、ここでサンキャッチャーが作れるらしい。後で行ってみないか?」

サンキャッチャーはクリスタルパーツをつなげた飾りで、太陽とともにいい気を取り入れられると言われているものだ。

「以前から気になっていたので、作ってみたいです」

「そうしよう」

彼は美しい所作でハンバーグをナイフで切って口へ運んだ。


食事後、美術館内を見学してからサンキャッチャーをふたりでそれぞれ作った。できあがったサンキャッチャーを頭より上に持ち上げてみると、太陽の光があたって床にキラキラと彩色が広がる。

窓辺に飾れば部屋に光が入り、前向きな気持ちになれそう。

「綺麗ですね」

「ああ。いいものができたな」

使った石は違うが個数は同じなので、お揃いに見える。

作ったものをスタッフが包んでくれて、大事にバッグの中にしまった。大和さんはポケットにしまい、車に戻ってからダッシュボードに入れていた。

その後、土産物や新鮮な野菜などが売られている道の駅へ行き、水出しコーヒーを出しているキッチンカーで飲み物を購入して、近くのベンチに座ってひと休みをする。

「深みがあっておいしいコーヒーだ。やはり水がいいからだろうな」

「ですね。カフェラテもとてもおいしいです」

もうひと口飲んで、笑みを浮かべる。

「朝どり野菜は買わなくていいのか？」

「はい。手の込んだ料理を作れるほどキッチンが広くないんです」

「夢中で見ていたから欲しいのかと思っていたよ」

「新鮮な野菜がたくさん入っていて安かったので、興味深かったけれど、いざ作るとなったらレパートリーが少なすぎて食材の無駄になってしまいそう」

大和さんといると、素の自分を出せる。彼はサンキャッチャーみたいに私を明るくさせてくれるようだ。

「今日はとても楽しかったです。ありがとうございました」

「もう終わりの言葉？　まだやることは残ってるんだけど？」

「まだ……？」

スマホを出して時刻を見てみると、十六時を過ぎている。

「そう。夕食も食べるし。そうだな……今日中には送り届けられると思う。明日の予定は？」

「なにもありませんから大丈夫ですが、大和さんは運転で疲れてしまうのでは？」

「運転は好きだから問題ないよ。そろそろ行こうか」

ベンチから立って飲み終わった私のカップも受け取り、近くのゴミ箱に捨ててから車に乗り込んだ。


しばらく走ったのち、豪奢な建物のエントランスで車が止まった。

「え……？　ここはホテルじゃ……」

一面ガラス張りの横の壁に、会員制ホテルの名前の入った看板が目に入る。

運転席の大和さんへしかめた顔で振り返る。

「待て待て。早とちりはやめてくれ。襲うためにホテルに連れてきたんじゃないから。ここの風呂がいいらしい。もちろん別々に入る。その後夕食を食べようと」

「あ……ごめんなさい」

そんな計画をとは知らず、責めた顔を戻して謝る。

彼は苦笑いを浮かべて「ま、仕方ないな」とドアのロックを解除すると、外側からドアマンに開けられた。

ロビーには真紅の絨毯《じゅうたん》が敷かれラウンジのようなスペースが見えて、老齢の品のいい男女がお茶をしている。

そのほかにも身なりのきちんとした男性や、上質なワンピースに身を包んだ女性が談笑しながらエントランスに歩を進めている。

フロントで大和さんが名前を告げると、受付の女性は「お待ちください」とバックヤードに消えて、すぐにチャコールグレーのスーツを着た初老の男性が現れた。

「忽那様、お待ちしておりました。総支配人の戸山《とやま》と申します。本日はありがとうございます。忽那社長はお元気でございますか？」

「はい。紅葉の時季に宿泊したいと言っていました。母から予約が入るかと思います」

「かしこまりました。特別室はいつでもご用意できますので。それではご案内させていただきます」

総支配人の丁重な対応から、やはり大和さんは御曹司なのだなと再認識する。愛車や身に着ける小物などは超高級なものだけど、屈託なく遊ぶ姿は親しみを覚えるものだったから気にしないほどになっていた。

そんな彼が連れている私はちゃんと恋人に見えている？

総支配人は私を連れてきたことを大和さんのご両親に話すかもしれない。もしかして、それがここへ来た彼の目的だったりして？　それかもう伝えてあるとか？

ぼんやりしていると、総支配人の案内で数歩先を歩いていた大和さんが振り返る。

「紬希、どうした？」

「え？　ううん」

待っている彼の隣へ歩を進めた。


二十分後。私はひとり露天風呂の湯船に浸かっている。

総支配人に最上階の五階にある特別室へと案内された後、一階の女性専用露天風呂へ向かった。

のんびり景色を眺める。外は薄暗くなってきて、見えていた富士山がもう少しで闇に溶けていくところだ。

大和さんも隣の男性専用の露天風呂で、同じ景色を堪能しているだろう。

温泉の効能は筋肉痛にも効くらしい。スワンボートを漕いだのを見越したプラン？

まさかね。

「んー、いい気持ち」

脚をもんだり両腕を上げたりしてストレッチをすると、リラックスした気分になる。

露天風呂は一年前、あやめと伊勢志摩《いせしま》へ旅行したとき以来だ。

ゆっくり入ってこいよと言われたが、外は真っ暗になり時間もけっこう経っているはず。

露天風呂から出て体を洗い、タオルを巻いて脱衣所へ歩を進める。

事前に女性スタッフから渡された紅葉色の浴衣を身に着け、脱衣所を出て五階の特別室に向かった。

紅葉色の明るい浴衣は、てれんとした安っぽい生地ではなく、肌触りがよくて高級感がある。さすが会員制ホテルね。

特別室のチャイムを押すと、中から大和さんが現れた。彼も藍色の浴衣を着ている。合わせの部分を少しゆったりさせているせいか、首から鎖骨のラインまでが見えていた。男の色気がだだ漏れで、心臓がドクッと跳ねる。

「おかえり。ゆっくりできたか？」

「そ、それはもう。とても気持ちがよかったです。これで筋肉痛は免れるかもしれません」

彼の方を見ないようにして中へ進む。

室内へ足を運んだ先の和室に、豪華な料理がふたりぶんセッティングされていた。テレビや雑誌で見るような旅館の最高級の料理に目が丸くなる。

お造りやひとり鍋、そのほか美しい小鉢に入った料理が並んでいた。しかも素晴らしく上品な盛りつけだ。

「すごいお料理……」

まだそれほどおなかが空いていなくても、是が非でも食べたいと思わせる。

「両親いわく、ここの料理はどこよりもおいしいらしい」

「私にもそう見えます」

芸術的な夕食で、このような和食懐石は初めてだ。

大和さんは私を座椅子に座らせてから、対面に腰を下ろした。そこへチャイムが鳴って、スタッフがふたり入室してきた。

お料理の説明をしてから、ひとり用の鍋に火をつけ、もうひとりのスタッフはノンアルコールビールの栓を開けている。

スタッフが去ってから、彼はノンアルコールビールをそれぞれのグラスに注ぐ。

「お疲れ」

「お疲れさまです。帰りも運転すみません。免許を持っていたら、運転を替わりたい気持ちですが……。あ、持っていたとしても高級外車の運転はきっと怖いかと」

私、なにを言っているんだろう。

見えるところにベッドがあって、やっぱり彼はそんなことを目的にここへ連れてきたんじゃないだろうかという考えが浮かんでしまい、さっきから気もそぞろだ。

「俺のこと、気遣ってくれるんだ。それなら泊まってく？」

「え……？　い、いいえ」

頭の中が真っ白になって、とっさに頭を振りつつ『いいえ』と言っていた。

「もちろん手は出さない」

本当に……？

「不信感ありありの顔をしているな。セクハラされて、心に傷を負った君を襲おうなんて思っていない」

大和さんは信じられる。でも……。

「食事が終わるまで返事はいいよ。帰る選択をしてもかまわない」

ちゃんと逃げ道まで考えてくれる彼に、すぐに返事ができずに申し訳ないと思いながらうなずく。

「はい。考えさせてください」

「OK。食べよう。鍋ができあがったようだ」

彼はノンアルコールビールをゴクゴクと喉に流してから、お造りに手を伸ばした。

彩のいい煮物を食べながら、彼の提案を考えていた。

部屋は広いし、体目的じゃない。泊まろうかと大和さんが言ったのは、温泉に浸かって彼が思ったより疲れているのを実感したからなのかもしれない。

「大和さん」

「ん？」

鍋から取り皿に入れていた彼が手を止める。

「泊まってもいいですよ。お布団は別々の条件で。また露天風呂に入ってもいいかなって思って」

「わかった。じゃあ、ここでゆっくりしよう」

大和さんは麗しい笑みを浮かべる。

その笑みに心臓がドクドク暴れ始めてくる。

仮に別々の部屋であっても、彼を意識してしまって眠れるかわからない。

食事が終わりかけた頃、部屋の電話が突然鳴ってビクッと肩を跳ねらせる。

「急に鳴ると驚くよな」

そう笑って、大和さんが電話のところまで足を運んで受話器を持ち上げ話し始める。

「――わかりました。家に連絡を入れます」

受話器を置いた後、彼はスマホを出して耳にあてた。

やはり偽装のために、ここにいることを知らせていたんだ。なにかあったのかも……。

通話を済ませた彼が眉根を寄せて戻ってくる。

「紬希、すまない。せっかく泊まってもいいと言ってくれたんだが、父が捻挫《ねんざ》をして明日のゴルフコンペに代わりに出なくてはならなくなった」

「捻挫を……私はかまいません。大和さん、ゴルフできるんですね」

「大学の頃は向こうでアマチュアの大会に出ていたんだ。すまない。デザートを食べたら送るよ」

「何度も謝らないでください。体を休められない大和さんの方が大変なんですから」

目の前の席に大和さんは腰を下ろす。

「ありがとう。父も申し訳ないと言っていた」

「ここにいることをご存じだったのは、恋人の存在を再認識してもらうためですか？」

「いや、母にこの近辺でおいしい夕食が食べられる場所はないかと聞いたら勧められたんだ。スマホにかけてもつながらないから、ここにいるのではないかと目星をつけてかけたらしい」

彼はグラスに残っていたノンアルコールビールをゴクッとあおった。

少し苛立って見えるのは気のせい……？

シャインマスカットがふんだんにのったケーキのデザートを食べてから、私たちは浴衣から服に着替えてロビーに下り、総支配人に見送られて東京に向かった。

「眠っていいからな。この時間なら二時間もあれば着くはずだ」

中央道に乗ると、道路が空いている。

ふと、大和さんのことが知りたくなって言ってみる。

「大学生の頃の話をしてくれませんか？」

「え？　突然だな」

「ゴルフのアマチュア大会に出ていたなんてすごいなと」

「ニューヨークに引っ越したとき、ゴルフができれば将来役に立つからと勧められたんだ。英語も上達したかったから、ゴルフを通じて学べたしな」

「何歳でニューヨークへ行ったんですか？」

「十四歳だ」

中学二年生で……。高台の広場で知り合った彼と同じだ。名前も同じ……。

大和さんといると、中学一年生の頃に出会った大和君を思い出す。

だけど、彼のフルネームは溝口大和で名字が違う。

「どうした？」

前を向いてハンドルを操作しながら大和さんが尋ねてくる。

「え？　いいえ、なにも……」

「眠くなったんじゃないか？　寝ていいよ。俺のことは気にしなくていいから」

大和さんの口もとが楽しそうに緩む。

「……はい」

眠るのは申し訳ないと思いつつ、盛りだくさんの一日に加えて温泉に浸かり、豪勢な夕食でおなかがいっぱいで瞼が下りてきた。

五、君を知りたい(大和Side)

紬希を遊園地に連れていったのは、実現できなかったあのときの約束を叶えたかったからだ。

話の流れで、紬希は遊園地で遊んだことがないと言った。

ここへ来たことがないだけで、過去付き合った男とほかの場所ではデートをしていたかもと思っていた。

彼女は二十六歳なのだから、恋人のひとりやふたりいたかもしれない。今は自分を綺麗に見せないように偽っているが。

だが、紬希が遊園地自体初めてだという事実が俺にとっていかに大事だったか思い知らされて、うれしくて顔がにやけそうになるのを必死に抑えた。

手をつないだときの紬希の反応は、困惑していたな。

絶叫系のアトラクションはそれほど怖くないようで、乗っているとき紬希はところどころ身を縮こまらせていたが、悲鳴をあげて俺に頼るようなそぶりは見せなかった。

こちらとしては少し物足りなく、苦笑いを浮かべるしかなかった。

遊園地に入ったときは表情が硬かった彼女だが、だんだんと笑顔を見せるようになってきた。昔と変わらないキラキラの笑顔を前に、中学生のときもこの明るさに惹かれたんだよなと感慨深くなった。

そこで、恋人のフリをしているのだから名前で呼んだ方がいいと言ってみる。

あの頃、紬希は屈託なく『大和君』と呼んだ。

まだ俺があのときの大和と同一人物だとは少しも考えていないみたいだった。

『おそらく父の秘書がどこかで見ている。俺のことは大和と呼んで』

父の秘書がどこかで見ている……なんてことはない。紬希を連れ出す口実だった。

話の信憑性を高めるために、新聞を広げてひとりで座っているスーツ姿の男性を、父の秘書だと仕立て上げた。きっと仕事を切り上げて遊園地へやって来た父親で、乗り物を楽しむ家族を待っていたんだろう。

紬希は信用したみたいだった。

それからは童心に返ったように、遊園地を楽しむ。水しぶきがかかるジェットコースターでは彼女の眼鏡を外すことに成功した。

長めの前髪が顔にかかっていて邪魔をしているが、やはり彼女は綺麗だ。黒縁眼鏡は返さなかった。

実のところ、彼女がどんな格好をしていても気にならなかった。しかし、自分を綺麗に見せないようにしている理由が知りたかった。

思いのほかジェットコースターの水しぶきは俺たちを濡らし、近くのホテル内にあるショッピングモールで服を買って着替えることにした。

濡れているせいでエアコンの入った店内は冷えており、急いで服を探す。

彼女自身が選んだのは黒の半袖のワンピース。

おそらく今の様子では、紬希のワードローブには同じようなダーク系の服が並んでいると推測する。そこで同じデザインの明るいレモンイエローのものに決めさせてもらう代わりに、俺の服を選んでもらった。

紬希は楽しそうに派手なベビーピンクのシャツを選んだ。

仕返しなのだろう。ちょっとしたいたずらだ。そう思うと、あの頃の無邪気な紬希が垣間見えた気がした。

ベビーピンクは嫌いではないが、最近では選ばない色だ。

『自分はダーク色を選びたがるのに、俺には違うってことは、仕返し？』

そう尋ねると、紬希は顔を若干赤らめて否定した。そんなやり取りが楽しい。

レモンイエローのワンピースに着替えた彼女は落ち着かない様子。だが、俺には太陽のように明るくてよりかわいく見える。

落ち着かないから眼鏡を返してほしいと言うが、それは本心ではない気がしてランチに話を逸らした。

数日後から突発的なニューヨーク出張が入り、紬希にまた連絡するとメッセージを送った。

ニューヨーク支社時代、俺でなければ商談をしないという顧客や取引先の重役がかなりいた。

実績を積み信頼を得たからだと思いたいが、なにより俺が創業者一族であることがニューヨークに住むビリオネアたちには価値があり、それ以外は洟《はな》も引っかけないのが現実だ。

商談をいくつかまとめ十日間の出張を終わらせたのち、九月の下旬に帰国した。

その間、紬希と話をしたいと思っていたが、仕事に忙殺されて電話をかけられなかった。

というのは建前で、海外まで行って恋人のフリだけの関係で『元気か？』と言うのもおかしい気がしたのだ。

先に夕食を済ませ二階の自室でパソコンに向かっていると、ドアをノックして寛人が現れた。

帰国後、住む家を探している俺は、一時的に実家暮らしをしている。

「兄さん、おかえりなさい」

「ただいま。遅かったな」

「うん。今日は部活だったんだ。兄さんはなに見てるの？」

彼は運動部より文化部のタイプで、鉄道研究部に所属している。

隣に座った寛人にパソコンを覗き込まれるが、別に見られて困るものを見ているわけではないので見せる。

「山梨《やまなし》の観光地……？　兄さん、行くの？　いいなぁ」

寛人は幼い頃からシングルマザーで育った俺と違い、裕福な環境でなに不自由なく育ったためか幼い印象を受ける。

あの頃、母から大事にされていたが、人との関わりは苦手でひとりで静かに過ごす方が好きだった。母が忽那氏と再婚してからは、継父からいい影響を受け、人との交流に慣れていき、興味の範囲が広がっていった。

「僕も行きたいなあ」

「父さんたちに連れていってもらえよ」

「えー、兄さんと行きたいのに」

そこへトレイにコーヒーをのせた母が、開きっぱなしのドアから顔を覗かせた。

「寛人、大和は忙しいのよ。無理を言わないの。コーヒー持ってきたわ」

「ありがとう」

デスクの上に置かれたカップを手にしてひと口飲む。

「兄さん、山梨に行くんだって」

「そうなの？　あ、寛人。早く夕食食べちゃいなさい」

寛人は母と階下へ戻っていった。


十月の中旬の金曜日、出張中にたまった仕事を片づけ、ようやく紬希に連絡を入れられた。

人生の約半分をニューヨークで生活していたから、日本の観光地をよく知らない。ウェブで入念に調べてからドライブに誘った。

いつも唐突に誘うが、彼女は本当に予定を入れていないようで返事はＯＫだった。

前回紬希が選んだ服を着て支度を済ませ、七時に家を出て車を走らせた。

驚くことに紬希はおにぎりを作ってきた。一気に中学の頃が思い出された。

勉強を教えてくれたお礼だと言って作ってきてくれたおにぎりは、それまで食べたどのおにぎりよりもおいしかったのを今でも覚えている。

土曜日の行楽日和で高速道路は混んでおり、着くまで他愛のない会話を楽しんだ。

彼女は黒縁眼鏡をかけていない。しかも俺と同じく、前回のレモンイエローのワンピースを身に着けている。

俺に心を許し始めている？

黒縁眼鏡をかけていないことを口にしたのは、スワンボートに乗ってからだった。

彼女はあまのじゃくのようなところが少しあるから、しょっぱなに指摘するのはためらわれたのだ。

ふたりでいるときは眼鏡をかけなくても安心と聞いて、この際思いきって理由を尋ねた。

なにか深い事情があるのかもしれない。追及すれば傷口が開いてしまうかもしれないと思いつつ、聞くことを止められなかった。

ゆっくりスワンボートを漕ぎながら、紬希は理由を口にした。

彼女をこんなふうにさせたのはセクハラだったのかと、憤った。アメリカだったら裁判沙汰だ。

その後ランチをして、サンキャッチャーを一緒に作ったり、道の駅でまた飲みたいと思わせるコーヒーを飲んだりして楽しい時間を過ごした。

笑い合っていると、あの頃に戻ったようだった。

母から勧められた会員制ホテルは、露天風呂もよかったし、食事も満足のいくものだった。

洋服の紬希は清楚だが、浴衣を着ていると艶っぽくて目にした瞬間心臓が跳ねた。

彼女を襲うつもりは毛頭ないが、ここでゆっくり過ごしてもいいのではないかと考え、聞いてみた。

無理強いすることなく、紬希も布団が別だったら泊まってもいいと了承した矢先、継父からの連絡だ。

階段で捻挫をしてしまい、明日のゴルフコンペの代理をしてほしいと言われて、あえなく俺の計画がつぶれた。

東京へ向かう車内で、紬希は何歳でニューヨークへ行ったのか尋ねてきて、一瞬驚いた。

十四歳だと言うと、彼女は黙り込んだ。俺が中学生の頃に出会った大和だと気づいたのだろうか？

しかし、彼女はそのことについてなにも言わなかった。

俺にとってはあの出会いはずっと心に残っていたが、紬希にとってはどうってことはなく、忘れたのかもしれない。

なんといっても出発の前日の約束を破られたのだから。

あのときの大和だと、俺は気づいてほしかったのだろうか。

いや、紬希がそれを知るのは、楽しい思い出の残る高台にしたい。

月曜日の朝、紺のスーツに着替えダイニングルームへ下りると、継父が朝食を食べていた。

「大和、昨日は助かったよ。ありがとう」

ゴルフコンペの件だ。

「いえ。久しぶりのラウンドで汗を流して気分がよかったですよ。送迎車だったので、楽できました」

昨日のゴルフコンペは千葉県《ちばけん》だった。運転は好きだが、経済界の重鎮たちとラウンドするのは神経が疲れ、送迎車で休めてよかった。

「有本《ありもと》頭取から昨晩電話をもらった。素晴らしいご子息だと褒めていたよ。わざと勝ちを譲ったんだろう？」

「父さんが穴をあけないよう俺に頼むくらいなので、メンバーの中で有本頭取が大事ではないのかと思いましたが、久しぶりだったので調子がよくなかっただけです」

「正直に言えばいいものを。君がアメリカのアマチュア大会に出ていたと話していなかったから、有本頭取は若いのにとても上手だったと言っていたよ。次回も一緒に回りたいともな」

そこへ母が目玉焼きとサラダののった皿を運び、俺の目の前に置く。

通いの家政婦がいるが、掃除が主な仕事で食事は母が作っている。

「大和、おはよう。寛人はまだ起きないのね。起こしてくるわ」

顔をしかめる母は、ダイニングルームを出ていった。

寛人が起きないのは毎日のことだ。階下へ行くとき、隣の部屋の俺もドアをノックして声をかけるが、なんの返事もない。

俺が食事を食べ終わる頃、制服に着替えまだ眠そうな寛人が二階から下りてきた。

その日、昼過ぎに外出から戻り、男性秘書の大倉《おおくら》とエレベーターに歩を進めていると、ふいに女性の声が聞こえてきた。

「紬希さん、あの人です！　今通った」

紬希？　紬希がいるのか？

声のした方へ顔を向けた先に、白いブラウスと紺色のカーディガン、同色のスカートを身に着けた紬希が、クリーム色のツーピース姿の女性と一緒にいた。

「きゃっ、こっち見た」

隣の女性は両手を口もとにあてるが、俺の目は紬希を注視する。

驚くことに彼女は黒縁眼鏡をかけていなかった。

「い、行きましょう。お店が混んじゃうわ」

そう言って紬希は隣の女性を促し、軽く俺に頭を下げてセキュリティゲートを通って去っていった。

紬希は少しずつ変わろうとしているのか……？

六、もとの自分に戻る

月曜日の朝、洗面台に映る自分の顔をジッと見る。わからないくらいにメイクをしてみた。今日は黒縁眼鏡もかけずに出勤しようと思っている。

愛華さんみたいなかわいい女子がセクハラされないんだから、地味に徹していた私は自意識過剰だったのかもしれない。

大和さんに言われてみて、そろそろおしゃれが好きだった本来の自分に戻ってもいいような気になり始めている。

週末にはヘアサロンでぼさっと感のある髪を軽くしようかな。

白いブラウスにAラインの紺のスカート、同じ色のカーディガンを羽織る。

ふと窓辺へ視線を向けると、サンキャッチャーが太陽の光を浴びてキラキラしていた。見ているだけで元気が出てくる。

「さてと、行きますか」

玄関に向かう脚が止まる。黒縁眼鏡を持っていった方がいいのか、迷ったからだ。

持っていったらかけてしまいそうだ。

そのまま洗面所に戻ることなく、玄関に向かいパンプスを履いた。


黒縁眼鏡なしで職場へ赴くのは、ドキドキが止まらない。この二年間ずっとかけていたから、大切なものを置いてきたような気がしてならない。

エレベーターに乗り込み五階で下り、総務課に歩を進めていると背後から「紬希さん、おはようございます」と声がかかる。

振り返る私に、愛華さんがびっくりしたように目を大きく見開いた。

「紬希さん、どうしちゃったんですか？　眼鏡、壊れました……？」

「え？　ううん。なんでもないわ。気分転換なだけ」

「前から思っていましたが、やっぱり美人ですよね。あ、今日はメイクもしてるんですね。なにか心境の変化ですか？」

「な、なにもないわ。行きましょう」

愛華さんにどんどん突っ込まれてしまうので歩き出した。

二年間、黒縁眼鏡をかけて暗い雰囲気を出していたので、驚かれるのも無理はない。

デスクに向かい仕事を始めると、私が黒縁眼鏡をかけていないことを皆不思議に思ったのか、総務課の隣にある経理課の人たちまで、総務課に用をつくってチラ見していく。

愛華さんが私の方に顔を近づけてにっこり笑う。

「今日は人の出入りが多いですね。みんな、紬希さんの顔を見てから去っていくわ。紬希さんが綺麗で驚いていますね」

「綺麗だからじゃなくて、いつもと様子が違うからよ」

「謙遜しなくていいですよ。そうだ、ランチは地下街へ行きませんか？　新しく何店舗かオープンしているみたいですよ。もう一カ月くらい経っているのでそれほど並ばないかと」

「ええ。気になっていたの」

毎日ではないが、誘われたときは断らずに同行している。

十二時になって、愛華さんとともにデスクを離れ、エレベーターに乗った。

「中華、和食、洋食、なにが食べたいですか？」

愛華さんが尋ねているうちにエレベーターはロビー階に到着し、セキュリティゲートに歩を進めようとしたとき、背の高い男性がふたり横を通った。

「紬希さん、あの人です！　今通った」

愛華さんのあからさまな声に、その人が振り返る。

「きゃっ、こっち見た」

大和さんだった。

彼は愛華さんを見てから、私へ視線を動かした。

こんなところで会うなんて考えてもいなくて、とにかく慌てた。

「い、行きましょう。お店が混んじゃうわ」

ぼーっと大和さんを見ている彼女を促し、軽く彼に頭を下げてセキュリティゲートへ向かう。

「とってもかっこよかったですね。思わず左の薬指見ちゃいました。でも、どうして振り返ったんでしょう」

「愛華さんが大きな声だったから」

「え？　そ、そんなに大きい声じゃないですよ。あの男性、奥のエレベーターに向かっていましたね。重役階に用事があるのでしょうか」

大和さんがわが社の重役だなんて、夢にも思っていないのだろう。

「そうじゃないかしら。ほら、早く行かないと」

「あ、そうでした。急ぎましょう」

私たちはランチ時間で混んでいる地下街へ早歩きで向かった。

その夜、スーパーでネギと油揚げ、麺つゆを買って帰宅した。先日あやめからもらったお土産のひもかわうどんを茹でて夕食にするつもりだ。

作り終えてローテーブルに運び食べようとしたとき、スマホが鳴った。

画面には〝忽那大和〟とあり、急いでタップしてスピーカーにして話す。

「もしもし」

《俺だ》

「お疲れさまです」

《眼鏡はどうしたんだ？　壊れた？》

「いいえ。過去は過去なので、少しおしゃれを楽しもうと考えたんです。前向きに」

《そうか……いいんじゃないか》

あれ？　『俺の言った通りだな』なんて俺様っぽく言わないの？

「……今日は偶然に会って驚きました。あ、同僚が失礼しました」

《ああ。ずいぶん賑やかな女性だった》

「一度大和さんを見かけたらしくて、あの人ですと教えてくれたんです。ゴルフはどうでしたか？　まだオフィスですか？」

少し照れくさくて饒舌になってしまう。

《ゴルフはつまらなかった。まだ執務室にいる》

「そうだったんですね……残業お疲れさまです。お仕事に戻ってください」

もう二十時を回っている。私と話をしているよりも、仕事を終わらせて早く休んだ方がいい。

《紬希がいなかったから、つまらなかった》

「え……？」

《じゃあ、また連絡する》

私の返事を待たずに通話が切れる。

私がいなかったから……つまらなかった……？

恋人のフリをしている私に惹かれている？　ううん、まさか。

まずは黒縁眼鏡を外してもどうってことなかったので、髪形を変えることにも抵抗がなくなった。

しかし、ヘアサロンなんて久しぶりすぎてどこがいいのかわからず、あやめに電話して聞いてみる。ヘアサロンへ行きたいだなんてどうしたの?と興味津々で聞かれつつも、彼女の担当しているヘアディレクターを紹介してくれた。

あやめの紹介のおかげで混んでいたが十四時三十分の予約ができて、キラキラしたおしゃれなヘアサロンへ足を運んだ。

ヘアディレクターに「綺麗な黒髪ですね」と褒めてもらったが、それでも枝毛で痛んでおり、肩甲骨より少し短い長さに揃え、髪色をワントーン明るくしてもらった。長くなっていた前髪も切り、顔の周りの毛はレイヤーを入れてもらい軽くなったことで、鏡に映る私は表情がよく見え、明るい印象になった。

ヘアサロンを出て素敵なカフェがないかとスマホで検索しようとしたとき、あやめから電話がかかってきた。

《どうだった? イメチェン成功?》

「んー、だいぶ変わったかも」

《私、今中目黒《なかめぐろ》にいるの。哲也の手伝いをしていて、あと三十分後なら出られるわ。手伝いの友達が来るから。彼の仕事が終わるまで会いたいな》

「それなら私がそっちに行くよ」

大和さんからの連絡はないし、今週末はお役御免なのだろう。

て歩き出した。

電話を終わらせ、スマホをジャケットのポケットにしまい、表参道《おもてさんどう》の駅に向かって歩き出した。

《OK～駅で待ち合わせしましょう》

二十分後、中目黒駅の改札で待っていると、あやめが現れた。

「待たせちゃった？」

「ううん。着いて間もないわ」

「そこのコーヒーショップに入りましょうよ」

彼女はすぐ近くのコーヒーショップに歩を進め、カウンターでカフェオレをふたつ頼み、ふたり掛けの丸テーブルに着く。

「イメチェンしたんだけど、感想はなにもなし？」

あやめはイメチェンした私を見たいと言ったのに、スルーされてしまったので聞いてみる。

すると、彼女はふふっと口もとを緩ませる。

「だって、二年前と変わらないんだもの。もとに戻ったって感じね」

「え……二年前と変わってない？」

自分自身、だいぶ変わったと思っていたのに。

「ぜんぜん。でも綺麗だし、いい感じよ」

あやめはカフェオレの入ったカップを口にし、私も同じく飲む。

「で、かたくなに地味子をしていたのに、どういった心境で？　やっぱり忽那さんが好きになった？」

突としての質問に、カフェオレが気管に入りそうになった。ゴクンと飲み込み、大きく息をつく。

「……まだ好きなのかわからないけど、好感度は高いわ。一緒にいると以前の自分に戻れるし、楽しいの」

「よかったねと、喜びたいのはやまやまなんだけど、御曹司は令嬢と結婚するものよ？　付き合うだけならいいけど、それ以上望んだら紬希が不幸になるわ」

「あやめ……結婚なんて考えてないわ。まだ好きなのかわからないって言ったでしょう？」

私たちの関係は、度重なるお見合いに辟易《へきえき》している大和さんを助けるための偽の恋人だ。

「紬希は好きになったら、とことん好きになるでしょう？　前に話してくれたじゃない。中学の頃に知り合った彼のこと。好きになったのはその彼だけで、ずっと彼氏をつくらなかったでしょう?」

「う……ん」

たしかにずっと好きになれる人はいなかった。彼の何気ない優しさや、わかりやすく辛抱強く勉強を教えてくれたこと、ほかの同級生にはいだかなかった好きの気持ち。会えなくなって今頃どうしているかなんて、ふと思い出したりしていた。

高校生になって恋愛がしたいという思いはあって、好意を向けてくれる男子とデートをしてみたけれど、彼にいだいたような気持ちにはならず断った。

セクハラを受けて転職した後は、大和さんに会うまで誰ともデートみたいなことはしていない。

「ようやく好きになれる相手ができたのはうれしいけれど、後でつらい思いをしたらかわいそうだから」

「大丈夫よ。彼は素敵だから、ふさわしい女性と出会って私との契約はなくなるわ」

そう口にしたとき、胸がズキッと痛みを覚えた。

やっぱり大和さんのことを好きになってしまったのかも……。

「そんな割りきった言い方、紬希じゃないわよ。私が何度言っても地味子をやめなかったのに、彼と数回会っただけで変わるなんて、影響力ハンパないから」

「たしかに、大和さんの影響力は大きいね」

親友のあやめにさえも、本心を打ち明けられない。きっと心配をかけてしまうし、お見合いに行かせたことを悔やむかもしれない。

「ね、哲也の顔を見ていくでしょう?」

「久しぶりだから挨拶して帰ろうかな」

そのとき、ジャケットに入っていたスマホが振動した。

大和さんからだ。

「ちょっと電話に出てくるね」

席を立って、すぐ近くのドアから店の外に出る。

心臓をドキドキさせながら通話をタップすると、《もしもし?》と大和さんの声が聞こえてきた。

「大和さん、紬希です」

《ああ。今大丈夫か?》

電話に出るのが遅かったから、気遣うような声色だ。

「はい。大丈夫です。なにか……?」

《夕食をどうかなと思ってかけたんだ》
「あ……今あやめと会っていて……あと一時間くらいは……」
それから会うのでは申し訳ないと考え、無理だと言おうとすると、大和さんに遮られる。
《彼女と食べないのなら迎えに行く》
「え？　迎えだなんて」
《宮崎あやめさんがいるんだろう？　一度顔を見たい》
あやめに会ってみたい。そういうことなのね。
「わかりました。あやめの彼のキッチンカーの出店場所に来てもらってもいいですか？」
《いいよ。七時頃着くように行く。スマホに場所を送ってくれないか？》
「はい。場所をあやめに聞いてから送りますね」
《よろしく》
あやめのもとに戻って口を開く。
「電話、大和さんからだったの。夕食に誘われて、ここにいることを言ったら、迎えに来るって」

「え？　三人で飲みに行こうと思っていたのに」

「三人じゃ、私はお邪魔でしょう。それで、彼があやめに会いたいって」

「私に？　……でも、そうね。会っておくのもいいかもしれないわ。迎えに来るだなんて、思ったより仲がいいんじゃない？　やっぱり心配だわ。利用されるのも大概にしてね」

あやめが冷やかすようにニヤッと口角を上げる。

「そんなんじゃないわ。たまたまよ」

キッチンカーの出店場所を聞いて大和さんにメッセージを送り、少ししてカフェを出て哲也さんに会いに向かった。

何台かキッチンカーが設置されている中で、哲也さんの店ではふたりの女性客が待っていた。接客は哲也さんの友人がやっており、できあがりを待つ間、彼女たちと話している。

女性客が立ち去るのを待っていると、キッチンカーの中から哲也さんが出てきた。緑色のエプロンをつけている哲也さんは短髪で、一見強面だが、笑うと目尻がグッと下がってかわいくなる。

その顔が、私を見てあっけに取られたように表情を変えた。

「え？　紬希さん？」

そういえば、哲也さんは以前の私しか知らない。

「はい。そうです。おつかれさまです」

「ありがとう。変わったから一瞬誰だかわからなかったよ」

「あ、忽那さんから連絡入った？」

あやめに言われてハッとし、バッグからスマホを取り出して確認すると、あと五分くらいで着くとあった。メッセージがきたのは六分前。

「もうそろそろ着くみたい。見てくるね」

キッチンカーを離れて大和さんの姿を捜しに行く。

すぐに、スマホを操作しながらこちらに向かってくる彼が目に入った。

カジュアルな紺のジャケットとジーンズ姿で、脚の長さが際立っている。

「大和さん、わざわざすみません」

「いや……」

彼はポケットにスマホをしまい、顔を上げたところで、目の前に立った私と目が合ってあっけに取られたような顔になる。

あ……。ヘアサロンへ行ったことをすっかり忘れていたわ。

「髪……」

大和さんの視線が髪から顔へと移動する。

「……はい。変身してみました。そ、そんなにジッと見ないでください。恥ずかしいです」

「それが本当の紬希？」

「そうかと……あやめには二年前と変わっていないと言われました。以前の方がいいと思いますか？」

「なんて言ったらいいのかわからない」

想像もつかなかった答えに、小首をかしげる。

「でも、目立つようになったのは確かだな。宮崎あやめさんは？」

ふいに話が変わって困惑する。

お世辞でも綺麗になったとか言ってくれればうれしいのに……。あやめといい大和さんといい、女心がわかってないんだから。あやめは女だけど。

「あの人、かっこいい。芸能人みたい」

などと話す声が耳に入ってくる。

「ね、声かけてみようか」

「でも彼女連れじゃない」

「違うかもよ」

女性ふたりは私たちから二メートルほど離れたところで立ち止まり話している。

「まったく」

大和さんが若干苛立たしさのある声色でつぶやいてから、私の肩に手を回した。

「行こう」

「え？　は、はい」

女性たちの目線がうっとうしかったのか彼はそのまま歩き始める。背後から彼女たちの残念そうな声が聞こえてきた。

哲也さんのキッチンカーへ戻ると、お客様がいて彼は中で料理をしており、あやめはそばのベンチに座っていた。

近づく私たちの姿に気づいて彼女は立ち上がる。

「あやめ、彼が忽那大和さん。大和さん、あやめです」

彼女の前に立って、ふたりを紹介する。

あやめは挑戦的な目つきで大和さんを見遣った。

「君が宮崎あやめさんか。紬希、ふたりで話してもいいか？」

「ど、どうぞ」

あやめは大きなため息をついた。大和さんと話をするのがめんどうくさいのだろう。ふたりから離れるが、なにを話しているのだろうと気になる。

それにしても、髪は褒めるほど気に入られなかったみたい。

そんなことを考えてハッとなる。

やっぱり私、大和さんの反応が気になるんだ。彼に触れられたり、一挙手一投足すべてに心が弾むのだ。

視線を向けた先にいるふたりはまだ話をしていて、先ほどよりもあやめの表情はやわらかい。

まだ会話中なので、五メートルほど離れたところで終わるのを待っていると、哲也さんの手伝いに来ていた友達が目の前に来る。

「これから飲みに行かない？」

「すみません。用があるので」

「哲也とあやめさんを誘ってさ。いいじゃん。かわいいね」

彼に会ったことはあるが、一度も誘われなかった。イメチェンの成果だろうか。本当に褒めてほしい人には叶わなかったのに。

「ねえ、行こうよ」

しつこさに眉根を寄せたとき、彼らの背後に大和さんの姿を認めた。

「俺の彼女になにか用ですか？」

至極丁寧な口調に、背筋がゾクッとなりそうなほど冷たく感じる。

彼らも突然の男性の出現に「え？　いや、ひとりかと思って」と、しどろもどろだ。

「行こう」

大和さんに手を握られ、横のドアを開ける。

「あ、あやめに」

振り返ると、目と目が合ったあやめは苦笑いを浮かべ「バイバイ」と手を振った。

慌ただしい別れだったので、後でメッセージを送ろう。

その場を離れても手は握られていて、そのまま近くのコインパーキングに向かう。

大和さんはひと言も話さないので困惑している。

彼の車の助手席の前で立ち止まると口を開く。

「あの、あやめにひどいこと言われましたか？」

「え？　ひどいこと？　いや、どうして？」

「ひと言も話さないから……」

大和さんがふっと口もとを緩ませる。

「ちょっと考え事をしていただけだ。当惑させてしまったみたいだな。すまない。夕食はなにを食べようか？」

助手席のドアを開けられて、乗り込む。

コインパーキングの支払いを済ませて運転席に戻ってきた大和さんは、エンジンをかけて車を出庫させる。

道路に出てから「決まった？」と聞かれる。

「じゃあ……ファミレスで」

「デートに誘っているのにファミレスに連れていけって？　却下」

バシッと切られてしまう。

「でも、車も止められますし――」

「車なんてどこにでも止められる。そうだ、新宿のホテルにしよう。和洋中好きな料理を選べるし」

ホテルと聞いても驚かなくなった。彼は御曹司で、私のようにファミレスで満足するような平凡な概念はないのかもしれない。

やっぱり大和さんは住む世界が違う人なのだ。

地下駐車場から一階に上がると、大和さんの言った通りいろいろなレストランがあった。案内板にはレストランの料理が出ていて選びやすい。

「どこがいい？　俺はなんでもいいから紬希が食べたい店を選べよ」

「では……ここで」

『俺はなんでもいい』で選びやすくなり、案内板を指さす。

「中国料理か。ＯＫ。そこにしよう」

一階にある中国レストランへ入り、スタッフに案内される。

店内は広く、中国らしい赤で統一されていて、伝統的な提灯や〝福〟の文字の金赤の賀布《かふ》、壺などがあって雰囲気がある。

いろいろな料理を楽しめるコースにしようと、大和さんが決める。

「さっきは悪かったな」

「え？　なんのことですか？」

「宮崎あやめさんと話すときに外してもらったことだ」

座ってすぐに運ばれたジャスミンティーの茶器に彼は手を伸ばす。

「別に悪くないです。もともとはあやめとのお見合いだったし、大事な話をしたんですよね？」

ジャスミンティーをひと口飲んだ彼は茶器をテーブルに置く。

「ああ。そろそろ彼女の家に、性格の不一致で断りの電話を入れると言ったんだ。あまり長くなれば宮崎家は期待するだろう？」

「あやめはなんて……？」

また彼女に別のお見合いの話が行くのでは？

「仕方ないと言っていた。自分もそろそろ行動を起こすとも」

「行動を起こすって、まさか哲也さんと……駆け落ち？」

別れる雰囲気なんて微塵《みじん》も感じられないし。

「どうだろうな。それはわからない」

「宮崎家への返事はもう少し延ばせないんでしょうか？」

それであやめたちにゴタゴタがあったら申し訳ない。

「そうだな……それは、俺がこれからする行動は道理に反していることになるから無理だな」

「大和さんのこれからすることが？」

意味がわからないが、家同士も関わってくることかもしれないので私はなにも言えない。

そこへ三種類の前菜が運ばれてきた。ヘアサロンへ入る前にコーヒーショップでラップサンドを食べただけなので、おなかが鳴りそうなほど空いている。

「おいしそうですね」

「ああ。いただこう」

「いただきます」

クラゲの和え物を口に入れる。コリコリしたクラゲときゅうりはさっぱりと酢が効いていておいしい。

「月曜日からはその姿で出勤をするのか?」

その質問がおかしくてクスッと笑う。

「もとの姿に戻せませんし、そのつもりです。恥ずかしさがありますが」

「普通にしていればいい」

「はい。そうします」

スタッフが豚肉の黒酢あんを運んできた。それから次々とエビチリや北京ダッグ、水餃子、チャーハンを食べ、デザートの杏仁豆腐が出たときにはおなかがはちきれそうなほどだった。

「ごちそうさまでした。それと、送ってくださりありがとうございました」

マンション前の道路に車が止められて、運転席に座る大和さんに頭を下げる。

「紬希、明日からまたオーストラリアへ出張なんだ」

「お忙しいですね。日曜日からだなんて。お疲れさまです」

「帰国はおそらく金曜日になる。戻ったら話がある」

「話……ですか？」

もしかしたら、恋人のフリをしなくてもよくなったとか……？

「ああ。連絡するよ」

「……わかりました。お気をつけて帰ってくださいね。おやすみなさい」

もう一度頭を下げるとドアの取っ手に手を掛ける。

大和さんも運転席を離れ、車から出た私のところへやって来る。

「おやすみなさい」

「おやすみ」

マンションのエントランスの前まで来たとき、大和さんの声が背後から降ってくる。

言い忘れたことでもあるのかと振り返ると、彼はすぐうしろにいて強く引き寄せられた。

「紬希」

「や、大和さん？」

「紬希がかわいすぎるからキスしたくなった」

真面目な顔でそう言った彼は私の唇に唇を重ねた。ひんやりした唇に驚く間もなく、触れるだけのキスはすぐに終わる。

引き寄せられた瞬間から、心臓が痛いくらい暴れている。

「おやすみ」

彼は口もとを小さく緩ませて車へ戻っていった。

大和さんは一度も私の方を見ることなく車に乗り込む。そんな彼の乗った車が走り去るまで困惑して見つめていた。

今のキスは……私のファーストキスだ。でも、大和さんにとってはどうってことないのだ。

人生の半分以上をアメリカで過ごしたのだから、挨拶程度のものなのだろう。

まだ暴れる鼓動が収まらない胸を手で押さえ、マンション内へ歩を進めた。

七、二度目のセクハラに

週明けの朝、いつものように混雑している電車で会社に向かう。

大和さんからキスされたことを頻繁に思い出してしまう日曜日だった。

あやめの言った通り、彼をどんどん好きになってしまったら、つらい思いをするだろう。

昨日、あやめにお見合いの返事の件をメッセージで送ったが、彼女からは【心配しないでいいからね】と返事がきた。

あやめなら大丈夫だろうと思うものの、やはり心配でならない。

とはいえそろそろ断りの連絡を入れなければ、宮崎家は忽那家と縁が持てるという期待をどんどん膨らませてしまう。

そんなことを考えながら社屋に足を運んだので、先週までと違う自分だとはすっかり忘れていた。

愛華さんにはヘアサロンへ行く予定だと話していたので、彼女が「おはようございまーす」と部屋に入ってきても、彼女はニコニコして席に着いた。

「紬希さん、いいじゃないですかぁ。とても似合っていますよ」

「ありがとう。まだ慣れないから鏡を見たときに違和感があるんだけど」

「かわいいです。そうだ！　今度飲み会のメンバーに入りませんか？　お医者様の男性たちと食事するんですが、紬希さんが参加したらきっと大人気ですよ」

「え？　う、ううん。そういったのは苦手だから」

「あ！　なるほど。腑に落ちました」

愛華さんは両手をパチンと打った。

「腑に落ちた……？」

「はい。好きな男性か、お付き合いしている人がいるんですね？　だからどんどん綺麗になっていくんだわ」

たしかに、二年間も目立たないようにおしゃれをしていなかったからわかりやすいだろう。

「そういうこと……かしら……」

「きゃっ、認めたんですね。紬希さんの彼氏さんはどんな人ですか？　どこに勤めているんですか？　年齢は？」

「ちょ、ちょっとストップ。片想いだから」

「そうだったんですね。その姿見たら、お相手の男性も紬希さんを好きになりますよ。かわいいですもん。あ、課長、おはようございまーす」

そこへ課長が出勤してきて、私たちは軽く挨拶をする。いつもは背後を素通りしていく課長が立ち止まった。

「おはよー、秋葉……さん？」

椅子から立ち上がり、頭を下げる。

「はい。おはようございます」

「おはよう。いや～驚いたよ」

容姿に関して口にしたらセクハラになることを懸念したのか、それだけ言って課長は自分の席に座った。

眼鏡を外したときと同様、イメチェンに驚いている社員たちの目線に辟易するくらいの一日だった。

服はいつもと同じものだが、人の第一印象は顔からと聞く。とくに着席していると上半身しか見えないので、変わったのがありありとわかるのだろう。

自意識過剰なのかもしれないが、容姿うんぬんは関係ないのに……と疲れを感じたとき、大和さんの『普通にしていればいい』と言った言葉が思い出される。

今が物珍しいだけ。明日になったら、みんな気にしなくなる。

考えた通り、翌日にはイメチェンの件を口にされなくなって気持ちは軽くなった。

「西島《にしじま》部長の名刺、渡してきます」

誰ともなしにそう言って席を外す。

四十代後半と聞いている西島部長は、大手の航空会社の経理課にいたがヘッドハンティングされて一年前に入社している。この会社での部署も経理課だ。

パーティションで遮られている向こう側の経理課へ行くと、西島部長はいくつも並んでいるデスクの窓際近くの席で受話器を置いたところだった。

「名刺をお持ちしました」

パソコンから私の方に視線を動かした西島部長は「ありがとう」と笑顔で名刺を受け取る。

そのとき、西島部長の手が箱に入った名刺を持つ私の指を囲むように掴んだ。

え……？

数秒経ってから名刺は引き取られる。

「ありがとう。秋葉さんか。君は新入社員？」

彼は私の首にぶら下げているＩＤカードへサッと視線をやってから、爽やかな笑顔を向けてくる。

手が触れてなでられたような感覚はたまたまだったのかと思い直す。

一年も隣の部署にいたのに、名前を認知されていなかったようだ。

「いいえ。二年前から総務課にいます」

「そうだったのか。あー、そうか。みんなが君の変身に騒いでいた」

「眼鏡を外して髪形を変えただけです。それでは失礼いたします」

部署の違う西島部長の耳にまで届いていたことに驚くが、小さく口もとを緩ませお辞儀をしたのち、西島部長のもとを離れて総務課へ戻った。

愛華さんはパソコンを打つ手を止める。

「紬希さん、もうランチですよ。行きましょう」

パソコンの時計を見ると、あと一分でお昼休みになるところだ。

「もうそんな時間。お昼行きましょう」

デスクの一番下の引き出しからバッグを出して、立ち上がった愛華さんと総務課を出た。

ランチは地下街の蕎麦屋に決めた。

ふたり掛けのテーブルに座って食べたかった蕎麦を注文して、ほうじ茶を飲む。

十月中旬になり今日は肌寒いので、温かいお茶を飲むとホッとする。

「そういえば、以前ロビーで会ったイケメンいたじゃないですか」

愛華さんが思い出したように話を切り出す。

「ええ……」

大和さんのことだ。

「昨日知ったんですが、わが社の専務取締役だったんです。腰が抜けるほどびっくりしました」

愛華さんは興奮気味に言って、目を丸くさせる。

「紬希さん、びっくりしないんですか？」

「そんなことないわ」

薄い反応を突っ込まれて、首を横に振る。

「もう、あんなイケメンがわが社にいたんですよ？　びっくりしてくださいよ。忽那大和さんっていうらしいです。社長の息子さんだと、昨日エレベーターで秘書課の女性たちが話していたのを聞いて、ピンときたんですよ。それで友人から情報を」

「秘書課の女性たちが話を？」

「地位もルックスも最高なので、秘書課の綺麗どころの女性たちが狙うのも無理はないですが。総務にいる私なんてどうにもならないですね」

たしかに大和さんにはモテない要素がひとつも見あたらない。

「でも秘書たちの会話だと、取りつく島もないらしいですよ。冷淡で笑わないと」

「え？　冷淡で笑わない……？」

「秘書たち、そこが不満みたいですよ」

そこへあんかけ蕎麦が運ばれてきて話が中断した。

「ここのあんかけ、すぐに食べたくなっちゃうんですよね。私たち好きなものがほぼ同じですね」

愛華さんの食の好みが常々似ていると思っていたが、彼女もそう思っていたのね。

「これから寒くなるから、頻繁に食べたくなるわね」

「ですね」

ふーっと冷ましながら食べ始めた。

「おつかれさま」

その声にパソコンから顔を上げると、総務課の入口に西島部長が立っていた。

隣の愛華さんが立ち上がり「おつかれさまです」と返す。

「これ、取引先からいただいたんだ。たくさんあるからどうぞ」

箱を開いて中が見えるようにして愛華さんに渡している。

「西島部長、わぁ、人気パティスリーのレモンケーキじゃないですか！　これ並ばないと買えないんですよ。紬希さん、見てください」

「喜んでもらえてうれしいよ」

愛華さんが菓子折りの箱を私に見せる。

「秋葉さん、さっきはありがとう。君も食べてね」

「ごちそうさまです」

西島部長は笑顔で言うとその場を立ち去った。

「レモンケーキうれしいですね。配ってきますね」

彼女は私にひとつ手渡してから、みんなに配り始めた。

帰宅して昨日のあまったご飯でチャーハンを作る。外食やコンビニ弁当に助けられているが、やはり自炊の料理を食べたくなる。

食事する前にスマホを開いてみるが、大和さんからのメッセージはない。

あんなにかっこいい人なんだから、秘書課の女性たちが騒ぐのも当然よね。でも冷淡で笑わないだなんて、それは仕事中だから？

一緒にいて笑い合ったりするのに……。

彼の帰国まであと二日。話があると言っていたから、次回会ったときに恋人のフリは解除になるのかもしれない。

無意識にため息が出る。

この関係が長く続くなんて、はなから思っていなかったし。

金曜日、十八時の終業時間になってすぐ愛華さんはデスクの上を整理し始めた。これから弁護士との食事会があるらしい。

彼女の結婚相手にいだく理想は高く、高収入、高身長、イケメン、優しく、都内在住だそう。以前は大学の友人たちの紹介で男性と食事に行っていたというが、理想には届かず、今はマッチングアプリで会うことが多いと言っていた。

まだ二十四歳なのに、愛華さんはなんとなくお付き合いするよりも、結婚を前提で交際できる人を探しているのだ。

さてと、私も洗い物をしたら帰ろう。

「ええ」

「いいんですか？　じゃあ、お願いします」

「愛華さん、カップ洗っておくわ」


給湯室はオフィスから少し離れていて、廊下の一番奥にある。三畳くらいの広さで、シンクの前に立ち愛華さんと自分のカップを洗う。

「おつかれ。秋葉さん、もう終わり？」

ハンカチで手を拭いていると、ふいに背後から男性の声がしてビクッと肩が跳ねた。ここにいるのは自分だけだと思っていたので驚いた。

振り返ると、西島部長が笑顔で立っていた。

「おつかれさまです」

西島部長は以前の会社でセクハラした人じゃない。怖がる必要はないのだと言い聞かせて、ハンカチをポケットにしまう。

「秋葉さん、最近どうしたの？　かわいくなったね。男としてはその姿の方がうれしいよ」

笑顔がニヤニヤに変わっていき、心臓が縮む思いだ。

以前の会社のセクハラ男とダブる。

出入口の方へ視線を動かすと、入ったとき給湯室のドアを開けたままにしていたが、今はピッタリ閉められていた。

どうして……？

「し、失礼します」

給湯室を出るには西島部長の横を通らなくてはならない。

「そんなに急いで行かなくてもいいじゃないか。私ももう終わりなんだ。これから食事はどうかな。ふたりきりでね」

たしか西島部長は妻帯者。たとえそうじゃなくても、ふたりきりでの食事は非常識ではないだろうか。

「用事がありますので」

ニヤニヤ笑いを崩さない西島部長の横を通ろうとしたとき、腕を掴まれて壁に押さえつけられた。

「やめてくださいっ！」

「食事くらいいいじゃないか。イメチェンしたのは男に飢えているからだろう？」

顔の横で両手首を掴まれたまま壁に押しつけられて吐き気が込み上げてきた。

二年前の出来事がオーバーラップして、脚が震えてくる。

「こ、こんなことして、しょ、職を失いたいんですか？」

「私がなにかしたかな？　こうして話をしているだけだ」

「押さえつけているなんて、セクハラじゃないですか！　放してください！」

必死に冷静になろうとするが、顔が二十センチほど近づけられるとパニックに陥りそうで、鼓動が嫌な音を打ち鳴らす。

「私は部長だ。君がとやかく言ったところで会社は相手にしないだろう。それよりも私とホテルへ行って小遣いをもらった方がいいんじゃないか？」

腕や脚をバタつかせても体格のいい男性にはかなわない。

「放して！」

「しーっ、大声を出しても君の得にはならないよ」

だんだんと距離が近づき、必死になって顔をそむけて暴れる。

「本当にかわいいな。私とキスをしたらその先もしたくなる」

「やめて！　放して！」

そのときドアがドンドンドンと乱暴に廊下側から叩かれた。

「中に誰かいるのか!?　ドアを開けろ!」

大和さんの声だ。なぜ彼が五階に……?

手首を締めつけていた西島部長の手が私の口を塞ぐ。

「いいな?　このことを言ったら会社を辞めることになるぞ。どうせ相手にされない」

きつい表情で脅し文句を口にした西島部長は入口へ向かう。その間もドアが激しく叩かれている。

ようやく離されてヘナヘナと座り込みそうになる。

西島部長がドアの鍵を開けた瞬時、外側から開けられて大和さんが硬い表情で入ってきた。

西島部長は彼の姿に驚いているみたいだが、表情には出さずに頭を下げる。

「これは忽那専務。ドアを叩いてくださったおかげで、鍵が直りましたよ」

サラッと嘘をつく西島部長。大和さんは状況を把握しようと私を見遣る。

私と忽那専務が知り合いだとは思ってもみないのだろう。

「本当か?」

先ほどの脅し文句で絶対にバラされないと思っているのか、西島部長は余裕の表情でいる。

「……嘘です。西島部長は、私の両手首を掴んで壁に押さえつけて、ホテルに誘いました」

訴える私に西島部長は慌てて否定する。

「バカな！　鍵が開かなくなっただけだろう？」

「私は鍵なんてかけていません。あなたが後から入ってきて鍵をかけ、いやらしく誘ったんじゃないですか」

反論すると、西島部長はあきれたような表情で首を左右に振る。

「忽那専務、彼女は以前から私を誘ってきていたんです。さっきもこの後ホテルへ行こうと。私は妻帯者ですよ。不倫を持ちかけるなどけしからん社員だ！」

二年前、どんなに訴えても信じてもらえなかった記憶が蘇る。

あのときもセクハラした課長は、たくみに嘘をついて私が勝手に被害妄想しているのだと言い、上層部は信じたのだ。いくら課長の行動を訴えても無理だった。

そのことを思い出して、震えてくる手をギュッと握る。

大和さんは……信じてくれる？

直後、大和さんが手のひらで壁を強く叩いた。その音は激しく、壁が壊れるのではないかと思ったほどだ。

「西島部長、この件は重大です。あなたは彼女を傷つけた」

大和さんの言葉に心の底から安堵する。彼は私を信じてくれた。

「この女の言い分は嘘だ！」

「やめてくださいと叫ぶ彼女の声を聞いた社員がいる」

西島部長は必死の形相になって、大和さんに詰め寄る。

「なんてことを！　彼女は私を困らせるために叫んだんだ。忽那専務は私よりも一介の社員の言葉を信用するんですか⁉」

「認めないのであれば警察を呼びましょう」

ポケットからスマホを出す大和さんに、嘘を重ねていた西島部長の表情がサッと変わる。

「ま、待ってください。私たちはふざけていただけです。警察沙汰とは大げさだ」

「ふざけていただけ？　大げさ？」

美形が憤怒すると、背筋に寒気が走るほど冷たく見える。

「紬希」

「つ、紬希？　彼女をご存じなんですか⁉」

突然、一介の女性社員の名前を専務取締役が呼んだので、西島部長は口から泡を吹き出しそうなほど青ざめる。

彼が横へ来て、私の手を持ち上げた。その手つきは信じられないほど優しい。大和さんは私の右手首から左手首を見て、そっとなでる。

「赤くなっている。大丈夫か？　痛みは？」

「平気です」

「西島さん、処分を決めるまで自宅待機していてください」

先ほどまで大和さんは〝西島部長〟と呼んでいたが、〝さん〟付けに変わった。怨那専務の考えを西島部長は悟ったようで、肩をがっくり落とす。

「魔が差したでは済まないんですよ。どれだけ彼女を傷つけたと？」

大和さんは二年前私が心に傷を負ったことを知っているので、容赦なく言い放つ。

「なにとぞ処分は――」

「社員が見ているのに、なかったように仕事ができるんですか？」

ハッとして廊下へ顔を向けると、数人の社員がいた。もちろん顔見知りだ。

西島部長は黙ったままその場に立ち尽くしていた。

「行こう」

大和さんに手を引かれ廊下に出る。社員たちの目の前で手をつながれている。これでは噂が広がってしまう。

彼の手から手を引き抜こうとするが離されない。

「く、忽那専務」

小さな声で呼んだ瞬間、彼が立ち止まり社員たちに向かって口を開く。

「君たち、このことは話を広げないように。あの男はかまわないが、彼女がいづらくなる。君、今の動画を私に送ったら削除してくれ」

彼は近くにいたスマホを持つ男性社員に名刺を渡す。

西島部長のセクハラよりも、専務の立場で女性社員の手を握っていることが噂になりそうだ。ここにいる人たちが大和さんを専務取締役だと、西島部長との会話で知ったはずだから。

彼らから離れたところで、大きく息をつく。

西島部長や野次馬たちの目の届かないところに来て、ようやく苦しかった気持ちが楽になった。

だが、まだ心臓のバクバクと震えは止まらない。

「無理するなよ。人目が気にならなければ抱き上げて連れていくぞ」

「き、気になります。あの、どうしてここに……？」

「話は後でする。もう終わりなんだろう？　荷物を取ってきて。エレベーター前で待っている」

今日帰国したばかりの大和さんがなぜ現れたのか気になるが、後で話をしてくれると言ったのでコクッとうなずく。

彼から離れ、総務課のオフィスに入ってデスクへ行く。愛華さんの姿はなかった。

「お先に失礼します」と声をかけてから大和さんのもとへ戻った。

「忽那専務」

スマホをいじっていた大和さんが顔を上げて、エレベーターを呼ぶボタンを押す。

「さっきはスルーしたが、忽那専務はやめろよ」

「ですが、会社なので」

エレベーターが開き乗り込み、一階へ下りる。

セキュリティゲートの方へ向かおうとするが、「こっちだ」と奥の重役階へのエレベーターを示された。

「え？　私が重役階へ？」

「俺の荷物があるし。行くぞ」

私のバッグが彼に引き取られエレベーターに乗り込むと、重役フロアのある三十一階へいっきに上がっていく。

バッグを持ってくれるなんて本当の恋人みたい……。

大和さんは到着するまで口を開かなかった。

エレベーターの扉が開いて目に飛び込んできたのは、大きな花瓶に活けられた美しい花だ。ロイヤルブルーの絨毯が廊下に敷かれている。

いくつかの重厚なドアを通り過ぎて、金色のプレートに【専務室】と書かれてあるドアを大和さんは開けた。

「喉が渇いたんじゃないか？　炭酸水がある。ソファに座ってろよ」

専務室は総務課がすっぽり入るくらい広く、中央に白いレザーのソファセットが鎮座している。

ソファが白いせいか、想像していた重苦しさのある重役室よりもかなりライトで、居心地がよさそうだ。

「本当に大丈夫か？」

炭酸水のペットボトルを持ってきた大和さんは蓋を開けて渡してくれる。

ペットボトルを受け取る手がまだ震えていた。

彼は隣に腰を下ろし、心配そうに見つめる。

「大丈夫です……。まだお礼を言っていなかったですね。ありがとうございました。大和さんじゃなかったら、二年前と同じことになっていたかもしれません」

「飲んで」

ひと口炭酸水を喉に流すと、彼はペットボトルを受け取りセンターテーブルの上へ置く。

「あの男の言葉や行動を教えてくれないか？　覚えている限りでいい」

彼はセンターテーブルに置いてあったメモ帳とペンを手にした。

「退勤前に給湯室でカップを洗っていて、気づいたら西島部長が背後に立っていました。食事に誘われましたが断ると、私の両手首を持ち上げて壁に押しつけたんです」

先ほどのことを口にするのは落ち着いた鼓動が再び暴れだすが、話しておかなければならない必要なことだ。

話し終えると、大和さんは「この件はちゃんと処理すると約束する。紬希に不利になることは絶対にないから」と言ってメモ帳を閉じた。

真摯な瞳で口にする彼を心から信じられる。

「そう言っていただけて、気分が晴れました。大和さんが信じてくれなくて、西島部長の言い分が通ってしまったらと思うととても怖くて……」

ふいに大和さんの手が私の頭に置かれ、ポンポンと優しくなでるように動かされる。

「俺があそこに居合わせることができたのは、送ったメッセージの返事がなかったから直接聞きに行ったんだ。総務課へ行ったら紬希がいなくて、ほかの女性に居場所を尋ねた」

「え……」

「一緒に食事をしたかったから、紬希が社屋を出る前につかまえたかったんだ」

出張から戻ってきてその日に食事だなんて本物の恋人のようだと頭をよぎるが、そんな期待は皆無だ。

「な、なにかの魂胆で……？」

「魂胆？」

「ご両親から食事に行くように言われたとか……？」

そう言った瞬間、大和さんはあっけに取られた顔になったが、すぐに口もとを緩ませる。

彼の形のいい唇を見てしまい、キスされたのを思い出した。

「ホテルのフレンチを予約している。今日の予定はなかった？」

大和さんは腕を少し上げて、スーツの袖を少し上げて時計を確認する。

「紬希？　どうした？」

ハッと我に返り、あのときのキスを頭の隅に追いやる。

「え？　な、ないです」

「じゃあ、行こうか」

再び大和さんは私の手を握った。

社屋の地下駐車場に止められていた、大和さんの艶やかなダークグリーンの高級外車に乗り込んだ。ほどなくして走り出す。

「どうした？　落ち込んでいる？」

車をたくみに操りながら、無口な私に大和さんが尋ねる。

「……西島部長になにか期待させてしまう態度を取ったのか、考えていたんです」

「紬希が？　以前の件があるから気をつけていたはずだろう。もう考えない方がいい」

「髪形を変えて黒縁眼鏡をかけなくなったとしても、愛華さんみたいにかわいい女性がいてもセクハラをされませんし、以前のままの姿をしているのがバカらしくなったんです」

「愛華さん？」

車はホテルの地下駐車場のスロープを下っていく。

「総務課で私が給湯室にいると言った女性です」

彼女しか私が給湯室へ行ったことを知らないだろう。

「ああ。前にロビーで会ったな」

愛華さんは突然専務取締役が来て驚いただろう。

空いているパーキングスペースに車を止めてから、大和さんは私の方へ体を向ける。

「紬希は彼女よりかわいいよ」

「ええっ？　い、いきなりなにを……お世辞はやめてください」

慌てふためく私に、彼は楽しそうに笑う。

「まさか、もとの姿に戻ろうかと考えたりしているんじゃないか？」

「さすがにそれはないです。戻ったら負けのような気がします」

「それでいい」

大和さんの手のひらが頭の上にのる。

お世辞は私を元気づけさせるためだったのね。

予約を入れてくれていたフレンチレストランは、カーディガンとスカートの通勤着よりももっとおしゃれな服を着るようなところだった。

白いグランドピアノの前で、ノースリーブドレスを着た女性が静かに演奏している。

支配人らしき黒服を着た年配の男性はにこやかに大和さんと挨拶を交わし、窓際のテーブルに案内した。

白いテーブルに円筒形のグラスに入ったキャンドル、かわいらしくまとめた花まで飾られている。

椅子に座ってふたりきりになると口を開いた。

「この格好ではふさわしくないかと……」

「なにも言われていないし、薄暗いんだから問題ない」

オーダーは大和さんに任せて、レストランの雰囲気を楽しむ。

彼と出かけるようになってから、このようなレストランで食事をするようになったが、恋人のフリをしなくてもよくなったらそんな機会もなくなる。

そうだ。帰国したら話があると言っていたんだわ。

彼がオーダーを済ませ、ノンアルコールのシャンパンのボトルが運ばれてきてフルートグラスに注がれる。

続いて美しく盛りつけられた前菜が目の前に置かれた。

「おつかれ」

大和さんはフルートグラスを軽く掲げて口へ運ぶ。

「おつかれさまです」

私も綺麗な淡いゴールド色の液体をひと口飲む。

「今日話があるのかと……。きっと私はお役御免なんですよね？」

すると大和さんは端整な顔に苦笑いを浮かべて、もうひと口シャンパンを喉に流す。

「紬希はそれでいい？」

「……大和さん？」

どういう意味なの？

「ひとまず食事をしよう。ほら、食べて」

すぐに話してもらえなくて困惑するが、大和さんは普段と変わらない表情でナイフとフォークを手にして、キャビアが添えられたホタテとアボカドの前菜を食べ始めた。

八、懐かしい場所

結局、肝心な話題は出ないまま食事を終え、彼はつれていきたい場所があると言って私を車に乗せた。

「あの、これからどこへ？って、聞いても内緒……ですか？」

「俺をよくわかってるじゃないか。そんなに遠くないから」

どこへ行くのか皆目見当がつかず視線を運転席へやると、大和さんの口もとが緩む。

「そんな恨めしそうな顔で見るなよ」

なんだか楽しそうだ。

「けっこう秘密主義ですよね？」

「秘密主義っていうか、紬希の反応がかわいいから、ついな」

「すぐかわいいって言いますよね？　思ってもいないこと言わないでください」

「そう思っているから」

「え……？」

驚きで目を見開いて大和さんを見つめる。

「まあともかく、これから行く場所でちゃんと話をする」

真面目な顔で約束されると安心できるような、不安でもあり、複雑な気持ちだった。

二十分くらい経ち、かつて父が転勤になるまで住んでいた家の近くを車が走っていることに気づく。

偶然……？

久しぶりの土地にうれしくなる。

「大和さん、私が昔住んでいたところの近くです」

「知ってる」

「知ってる……？」

そんなことを履歴書に書いた覚えがないので、大和さんが知っているなんてありえない。

「着いた。降りて」

困惑しているうちに、高台にある広場の横に車が止まった。

「ここ……」

そこでピンときて、言葉を失った。二の句が継げないでいるうちに、大和さんは車から降りて助手席に回りドアを開けた。

地面に足をつけ車から出るも困惑していて、隣に立つ大和さんを見上げる。

「大和君……？」

「そう。忘れていなかったんだ？」

大和さんはそっけない態度で車をロックすると、誰もいない敷地内へ歩を進め、そのうしろ姿についていく。

大和君に会えなくなってから、二度とここには足を踏み入れていなかった。約束を守れず連絡先も知らなかったので、あの頃は相当心が痛んで二学期になってもずっと落ち込んでいた。

体育祭にも身が入らず、用具につまずいてひどい捻挫をしてしまい松葉杖を使わないと動けない状態で見学をする始末だった。

夜景が望める柵のそばまでゆっくり近づくと立ち止まる。

この場所からキラキラ光る夜景が眺められる。

「もちろん、忘れたことなんて一度もありません」

懐かしい場所に来て、あの頃の自分に戻ったみたいだ。

「でも、紬希は約束に現れなかった」

「うん……ごめんなさい。夏休み、北海道に行くと伝えましたよね。向こうに着いてすぐにおじいちゃんが脳梗塞《のうこうそく》で倒れて……予定していた日に東京へ戻れなくなったんです。私、大和君に会いたかった。でも連絡をする手段もなくて……」

「おじいさんが……」

彼はうなずく。けれど納得してくれたのかはわからない。

今は小学生でもスマホを持つ時代になったが、あの頃の私たちはお互いの名前しか知らなかったし、ここへ来れば会えて、それだけで楽しかった。

大和君を好きだったけれど、とてもじゃないが彼の気持ちを確かめるなんてできなかった。

私のことをどう思っている？　好き？なんて聞いたら、放課後気楽に会っている関係が終わってしまうのではないかと思っていたから。

「ごめんなさい……」

ふいに肩に腕が回って抱きしめられて、ビクッと肩が揺れる。

「こ、こんな外で、だ、抱きしめないで」

恥ずかしくて慌てて体を離そうとするが、その腕は解かれない。

「誰も見ていないよ。理由はわかったからもう謝らないでいい。本当のところ、再会してから一緒に過ごしている間、ずっと聞きたかったよ。だけど世間知らずのあの頃の俺じゃない。事情があったのだろうと。正体を明かすのはこの場所しか思いあたらなかった」

「偶然が重なって会えたなんて……本当、奇跡……」

「紬希が見合いに現れたのには心臓が止まりそうなほど驚いたが、それがなくても捜して会おうとしていたんだ」

「え……?」

顔を上げて大和さんを見遣ると同時に体を離す。今度は簡単に腕が解かれる。

「座って話そうか」

あの頃、いつも座っていた東屋のベンチに向かい、腰掛けるとすぐ横に彼も座る。

ここからも、東京の高層ビル群が宝石箱からこぼれた宝石みたいに綺麗に見える。

「俺がニューヨークへ行ったのは、母が再婚したからなんだ。その再婚相手が、今の光圀商事社長の忽那氏だ」

「あ、だから名字が……」

「紬希は俺と会っていてあのときの大和だと気づかないのか? そう思うと同時に、約束は破られたんだし俺のことなんて忘れているのだと」

大和さんは自嘲気味に口もとを緩ませる。

「名字が溝口だったらすぐにわかったのに。私の初恋の人だもの」

「初恋か……俺もそうだよ。紬希の印象が強くて、ほかの女性は好きになれなかった。再会して紬希と会うたびに愛おしさは募っていった」

「本当に……？　私を愛している……？」

「ああ。両親は俺に早く結婚をして幸せになり、孫の顔を見せてほしいと願っていて見合いを設定したが、無理強いはされていない。断るつもりで待っていたのに、信じられないことに紬希が現れた。しかもかわいい演技をし始めたから楽しくてね」

思い出し笑いをする大和さんに、あのときの演技を思い出すと顔が熱くなるほど恥ずかしい。

「で、でもどうしてすぐに私だとわかったの？」

「帰国してから興信所に捜してもらっていたんだ。万が一、恋人がいたり結婚していたりしたらあきらめるつもりで。一カ月かかって見合いの前日に報告書が届いて驚いたよ。まさか同じ会社で働いていたとはな。しかも独身で調べた限りでは恋人の存在はなく、うれしかったよ。月曜に会いに行くつもりだった」

捜してくれるほど会いたいと思ってくれていたなんて……。

喜びとあの頃の甘酸っぱい気持ちが蘇り、胸がギュッと締めつけられる。

「……ありがとう。大和さん」

「大和君からもう大和さん？」

そう言って、彼は破顔する。

中学生の頃もイケメンだったけれど、十四年の年月を経て気づかないくらいの美丈夫になっていて、お見合いのときは俺様で本当に嫌な男だと思った。

でも、翌日の遊園地では何気なく気遣ってくれ、童心に返ったように楽しむ人で、そんな彼と一緒にいることがしだいにうれしくなった。

二年前のセクハラのせいで自分を偽って生きているのがバカらしくなっていって、もとの自分に戻る決心もできた。

そして、惹かれていた気持ちが愛にいつの間にか変わっていることに気づいた。

「もう大人ですから、大和さんです」

笑いながら彼の手が私の手を握る。恋人つなぎで、ドクンと心臓が跳ねる。

「白状すると、遊園地で父の秘書が監視していたという話は嘘だ」

「嘘……？　あの男性は？」

「知らない。おそらく乗り物に乗っている家族を待つ父親だな」

ドキドキしながら男性を盗み見たあのときのことを思い出し、笑いながらあきれてみせる。

「おかしいだろ？　俺もそこまでして紬希と一緒にいたかったんだ」

「あきれちゃうし、ぐうの音も出ませんが、ずっと忘れないでいてくれて、また私と一緒にいたいって思ってくれたことが心からうれしいです」

「出張中も紬希のことばかり考えていた。この場所に連れてきたらどんな反応をするか想像したりして。会いたかった」

「クスッ、もう……どんな顔をしていいのか……わからないです」

笑みを浮かべたけれど、大和さんの気持ちが心に染みわたっていき涙腺が決壊した。握られたままの手を顔にあてて涙が止められなくなる。

「紬希……そのままでいいから聞いて。おもしろみのない中学生活を送っていた俺は、紬希に出会って救われた。毎日が楽しくなったんだ。勉強を教えたお礼にと作ってくれたおにぎりは食べた中で一番おいしかった。ドライブで作ってきてくれたおにぎりも懐かしかったし、とにかくうれしかったよ」

運転しながら、大和さんはおいしそうにおにぎりを食べてくれていた。いろいろ言葉にしたいのに、涙が止まらない。

「母の再婚でニューヨークへ行くしかなかったが、向こうで一人前の男になって必ずまた紬希に会いに行こうと決めていた。約束の日に会えなかったから、俺が思うほど紬希は俺を好きじゃなかったのかもと思ったけどな。でもそうじゃないと知って最高の気持ちだよ」

コクコクうなずく私の顔に、男性物のハンカチがもう片方の手であてられる。

「紬希、こっちを見て。プロポーズするときは紬希の顔を見ながら言いたい」

え……？

びっくりして頭を上げて、涙にむせぶ目を大和さんに向けた。

彼は笑ってハンカチで涙を拭いてくれる。

「今、プロポーズ……って？」

鼓動が早鐘を打ち始める。

「ああ。俺と結婚してほしい。初恋を実らせてくれないか？」

次の瞬間、うれしさと戸惑った感情が込み上げてきて、収まりかけていた涙がポロポロ頬を伝わり、彼は困惑した表情で頬を拭く。

「その涙は、〝ＹＥＳ〟ｏｒ〝ＮＯ〟？　どっち？」

いつも自信家の大和さんなのに、どっちなのか聞くなんてと、泣き笑いになってしまう。

「もちろん、YESです。私も大和さんを忘れられなかったし、愛しているのだと自覚もしています」

「紬希！」

感極まったように破顔した大和さんはギュッと抱きしめてから離れる。

「行こう」

大和さんはすっくと立ち上がり、手を差し出される。

「どこへ……？　って聞いても、内緒？」

「ああ。着いてからの楽しみにして」

いたずらっ子のような笑みを浮かべた彼に手を引かれ、愛車に戻った。

十分くらい走ったところで、綺麗でモダンな低層階建物のエントランスの車寄せに止まった。

「ここは……ホテル？」

エントランスが温かみのある照明でぼんやりと浮かび上がって見える。

グレーの制服を着た男性が現れ、助手席側のドアを開けられた。

「ホテルじゃないが、ホテル並みのサービスが受けられる。案内するから降りて」

制服の男性が立っているので、聞きたいことを話せずに車から降りる。

ホテルじゃないけど、ホテル並みのサービス……？　意味がわからない。

「忽那様、おかえりなさいませ」

制服の男性の言葉で、ここがどこなのか悟った。

建物の中に歩を進めると、広いロビーにラグジュアリーなソファセットが何組かあり、奥の壁には滝のような水が流れている。

「ロビーに滝があるなんて」

「あれはアクアウォールというんだ。帰国してからこのマンションへ引っ越す準備を進めていて、先週越してきたんだ」

「すごい……」

エレベーターに乗り込み、大和さんは最上階の三階を押した。低層階マンションらしいが、贅を凝らしたリッチでラグジュアリーな建物だ。

マンションはL字になっており、彼の部屋は三階の一番奥だった。

カードキーで玄関の鍵を開けた大和さんは私に入るよう促す。

土間は艶やかで顔が写りそうな御影石で、廊下の左右にもドアがある。

きちんと二足の白と紺のスリッパが揃えられていた。

「紬希は白い方を使って」

大和さんは紺のスリッパに足先を入れて、五メートルほど廊下の先にあるガラスのドアを開ける。

そこは広いリビングルームで一面に窓があった。その向こうにいくつかランタンのほのかな明かりが見える。緑のある広いベランダは開放感いっぱいで、ここが都心じゃないみたいに感じられた。

壁にかかった大画面のテレビやオーディオセット、ゆったりと大きなグレーのカウチソファ。テレビの横にはドアがある。

「素敵な部屋ですね」

「後で案内するから、まずは座って。コーヒーを入れてくる」

「あ、私が」

「大丈夫。ベランダに出てもいいよ。サンダルがある」

そう言って、リビングを隔てるようにして二段ほどの段差のあるアイランドキッチンへ入っていく。

ソファに座って待っているのも落ち着かないので、窓に近づいた。二十畳くらいありそうなベランダが見え、端の方にジャグジーが見える。ジャグジーの一角は外から見えないように高い壁が設置されている。

本当にすごいマンション……。

さっきまでいた高台と同区にあって、ここから丸の内にある社屋までもそれほど遠くない。

「お待たせ」

大和さんは湯気が見えるカップを二個持って戻ってきた。

「ありがとうございます。あ、手を洗いたいです」

「そうだったな。こっち」

廊下に出て、玄関から見えた右手のドアを案内される。そこにはふたつの洗面台が並んでいる。こちらは和モダンのインテリアで、じっくり見たいがまだいろいろと聞きたいことがある。

手を洗い終えると、リビングで待つ彼のもとへ戻った。

「洗面所もびっくりするくらい素敵で、すごいマンションですね」

センターテーブルにコーヒーカップが並んで置かれているので、大和さんの隣に腰を下ろす。

「住んでもいいくらいに？」

「私がここに……？」

実感がなくて疑問形でつぶやいてしまうと、大和さんがあっけに取られた顔になる。

「プロポーズを受けてくれたよな？」

「は、はい。本当に私でいいのでしょうか？」

「紬希だから結婚したいんだ。ここは新居として合格だと思うか？」

再び手を握られ、鼓動が暴れ始める。

「……最高に素敵な部屋で、ここに住んでいる自分が想像できないです。今の部屋はワンルームで、キッチンもひと口コンロの狭小住宅に住んでいるから。ここから見えるアイランドキッチンは夢みたいです。ここに住みたくない女性なんていません」

「そう言ってもらえてよかった」

大和さんが微笑みを浮かべて、自由になる左手でカップを手にして飲む。

「紬希の好みに合わせて入れたから飲んで」

ミルクたっぷりのカフェラテが好きなことをわかってくれていたのだ。

「いただきます」

泡が立つカップを口にする。

「ん、おいしーい。すごいわ！　大和さん、フォームミルク作れるんですか？」

「マシンがやってくれるから、誰でもできる」

サッとキッチンの方を示された先に、黒い大きなコーヒーマシンがあった。

もうひと口飲んで、にっこり笑顔を向ける。

「家でおいしいコーヒーが飲めるなんて贅沢ですね」

大和さんがふっと笑みを漏らす。

「ついてる」

長い指先で上唇を拭われて、その指をペロッとなめた。

「や、大和さんっ」

男性の色気がその仕草で垣間見え、ドクンと胸を跳ねらせる。

「だめだな。我慢できない」

顔を寄せられて唇が塞がれる。

二度目のキスは今までの思いが全部込められたような、甘く、心が震えるほど感動的だった。

大和さんは軽いうめき声を漏らし、唇が離される。

気づけばソファに押し倒されていた。

顔の横に手がつけられて、欲情をはらんだ瞳で熱く見つめられる。

「このまま続けたら紬希を襲ってしまいそうだ」

彼は私に性的トラウマがあるのだと考えているのだろう。

「たしかにセクハラで怖い思いをしたから、男性に対してかなり警戒心を持って生きてきました。でも、大和さんには……愛されたい」

「いいのか？」

切れ長の目が大きくなる。

「はい……経験はないけれど、大和さんにもっと……もっと、触れられたい」

軽く唇を食まれた後、私を組み敷いていた大和さんが離れる。

「え？　きゃっ」

普通体形の私を軽々と抱き上げ、リビングルームを離れて、テレビ横のドアへ向かった。

そこは私の部屋が三つは入りそうなほど広く、キングサイズのベッドが部屋の中央に鎮座していた。

白とブルーのリネンのベッドの上にそっと寝かされる。

部屋の中が明るくて戸惑う。

「明るすぎて……」

するると大和さんはベッドサイドに置かれたタブレットを操作する。部屋の中が薄暗くなり、間接照明が淡いオレンジ色の明かりになった。

シャツを脱いで上半身裸になった彼に再び組み敷かれる。

初めて見る大人の男性の上半身裸に羞恥心を覚えて、顔を逸らす。

「紬希、俺を見て」

頬にキスを落とした大和さんは上半身を起こし、ジーンズのボタンを外した。

その姿は想像以上に色気があって、思わず声を漏らす。

「すごく綺麗……」

広い胸板から引きしまった腹筋に驚き、なめらかな肌に手をあてる。

「紬希の方が綺麗だと思うけどな」

キスで夢中にさせながら、ワンピースの前ボタンを外され脱がされていく。

ブラジャーの上から優しく触れられる。

いつの間にか押さえつけられていたブラジャーもなくなり、胸が大きな手のひらで包まれた。

戸惑いはなかったが、やはり初体験なので体がビクンと跳ねる。

「やっぱり紬希の方が綺麗だ。色白だな。それに映えたピンク色」

胸のふくらみがもまれ、主張していく頂《いただき》がそっと親指の腹で触れられた。

「も、もうっ、言わないで」

極上の笑みを浮かべた大和さんは「本気で愛すから」と言って、尖《とが》っていく頂に顔を近づけてペロッとなめ、口に含んだ。

「ああっ……ん……」

おなかの奥で感じたことのない疼《うず》きが湧く。

「かわいい。声を抑えないで出していいからな」

舌で頂をからめとるように動かされたり、吸われたり、気持ちいい感覚に襲われた。

お互いが一糸まとわぬ姿になって、あますところなく触れられていく。

大和さんから施される愛撫に無我夢中で応える私を、彼は優しく快楽の世界へといざなう。

離れ離れだった十四年の年月。

何度も愛の言葉を紡ぐ唇は、想像もつかなかったところへ移動する。

舌と指で高みに持っていかれ、ついには結ばれた。

言葉では表しきれないほど幸せな想いに包まれる。

「愛している。かわいすぎてっ、はぁ……ずっと抱いていたいくらいだ」

しばらく荒い呼吸で大和さんは私を抱きしめていた。

彼が愛おしくて、私も背中に腕を回してなめらかな肌をなでる。

呼吸が整い始めてくると私のおでこにキスを落とし、隣に転がるようにして大和さんが離れる。それから首の下に腕が差し込まれて引き寄せられた。

幸せな気持ちでいっぱいになり、私は心地いい疲労のまま目を閉じた。


髪が優しさにあふれる手つきで梳かれ、目覚める。

窓からは明るい日差しが差し込んでいて、たっぷり寝ていたと気づいた。

「大丈夫？　痛みはない？」

初めてだったので痛みはあったものの、きっと充分に時間をかけて慣らしてくれたのだろう。それほどつらくはなかったと思う。

「平気……」

「よかった。もう昼を過ぎてる、空腹だろ。なにか作るよ」

「大和さんがお料理を作るんですか？」

顔を上げて、彼の胸に手を置き顎をつけて見遣る。

「向こうでのひとり暮らしが長いから、最高においしいとまではいかないが簡単なものなら作れるよ。それからもう敬語はやめろよ。距離を置かれているみたいだから」

「それだったら私よりも上手かも。でも、作らせて。あの素敵なキッチンでお料理してみたい。言葉遣いはこれでいい？　あ、でも慣れないから敬語とごちゃまぜになっちゃうかも」

大和さんが「ああ」と破顔する。

「キッチンだってどこだって、家中好きにしてくれてかまわない」

「家中？」

「ああ。すぐに引っ越してこないか？　結婚式の準備は一緒に住んでいた方がなにかと便利だし。なによりもデートした後、送ってひとり寂しく帰宅するのは嫌だな。毎日、ここで紬希を抱いて眠って起きたい」

「大和さん……」

プロポーズされたが、すぐに同棲の流れとは若干困惑気味だ。

返事ができないでいると、ちゅっと唇が重なる。

「どの道、結婚するんだから、我慢しろと言われればそうする」

なんだか大型犬みたいで、クスッと笑みが漏れる。

「ううん。私も大和さんと一緒にいたい。荷造りがあるから、半月か一カ月後になると思うけど」

「OK。それまで我慢する。引っ越し業者の連絡は俺に任せて」

「それくらいできるわ。家具は必要なさそうだし。処分するものが多そう」

「よし、じゃあなにか食べよう。あ、先にシャワー浴びようか」

「え？　シャ、シャワー？」

戸惑っているうちに大和さんはベッドから下りて、抱き上げられるとリビングルームへと続く方ではない別のドアへ歩を進める。

昨夜案内された洗面所だ。導線がよくて、感嘆の声しか出ないマンションだった。

お互いの体を洗いっこしているうちに欲望の熱が高まって再び愛され、バスルームを出た頃には夕食を食べた方がいいのではないかと思われる時間になっていた。

一緒にキッチンに立って、カルボナーラパスタを作ることにした。

洗練されたビルトインのキッチンは使い勝手がよく、メニューを覚えるために料理教室に通おうかと考えるほど楽しい。

なによりも、大和さんと一緒に笑いながら作るのが贅沢な時間だと思った。

「できた！　おいしそう」

カルボナーラ液に手早く茹で上がったパスタを投入してかき混ぜる。

「上出来だな」

アイランドキッチンの隣にある四人掛けのテーブルに運んで食べ始めた。

「ところで、脳梗塞を起こしたおじいさんは大丈夫だったのか？」

「そのときは助かったんだけど、五年前に再発して亡くなったの」

「そうか……」

少し場がしんみりしてしまい話を変える。

「カルボナーラ、おいしいわ。あ、大和さん。ご家族のことを話して。大和さんは興信所に頼んだし、会社の履歴書で私のことは知っているけど、私はわかってないもの」

「ああ。今中学生の腹違いの弟、寛人がいる。電車オタクで、父はスポーツをやらせたがっているがどうもそうはならなそうだ」

「文化系なんだね。大和さんもいつも本を読んでたよね、ふたりは似てるのかも」

ベンチにいる大和さんを女子中学生たちが遠巻きに見ているところを、何度も目撃した。

「大和さんは近寄りがたくて、出会ったときに助けてくれるとは思ってもみなかった」

「まあな。水道を止めようとしていた紬希を傍観していた。焦って逆回ししていただろう？　あきれて手伝いに行くしかないと思ったんだよ」

濡れ鼠《ねずみ》になった私を思い出したのか、大和さんはククッとこらえるように笑った。

「再会してから最初に誘われたのが遊園地だったのは、昔の約束を果たすためだったんだね」

「ああ。一度も訪れたことがないと聞いてうれしかった」

あのときの約束が守れなかったことが悔やまれて仕方がない。けれど、仮に最後に遊園地へ行って住所を交換していたとしても、こんなふうに今があるかはわからない。

「ごちそうさまでした」

両手を合わせた。大和さんはとっくに食べ終わっている。

「コーヒーを入れよう」

「マシンの使い方、教えてほしいな」

私たちは同時に立ち上がって、食べ終えた食器を持ってキッチンへ入った。

コーヒーマシンの使い方を教えてもらって、まずは自分のカフェラテを入れる。メニューボタンを選ぶと、豆が挽かれる。少ししてきめの細かいフォームミルク入りのカフェラテができあがった。

「引っ越したら毎日これが飲めるなんて幸せ」

「それくらいで幸せなのか？」

大和さんはカップをセットしてブラックコーヒーのスイッチを押してから、顔を覗き込んでくる。

「そ、それは、大和さんがそばにいてくれるのが前提って、話です」

昨日までとは違い甘さ全開の大和さんなので、素直に口から出るが、やはり恥ずかしい。

「顔が赤い」

からかいながらちゅっと唇にキスを落とされる。

コーヒーマシンの音が静まり、ブラックコーヒーが入った。

「ソファへ行こう」

大和さんは私を促した後、棚を開けて四角い箱とカップを手にソファへやって来た。

「オーストラリアのクッキーだ。いくつかお土産を買ってきたから後で渡すよ」

隣に腰を下ろした彼はクッキーの入った箱を開ける。

「おいしそう。いただきます」

チョコレートが挟まれたクッキーをひとつ手に取る。

「大和さんは甘いものが苦手だよね。わざわざ私のために買ってきて……ええっ⁉

もしかして、私が焼いたクッキーも食べられなかったとか？」

あのとき、大和さんは一枚食べたのを覚えている。あとは家でゆっくり食べると言ったっけ。もしかして、私に気を使って一枚だけ食べたの？

「甘いものは苦手だが、唯一食べられるものはある」

「あ……もしかして」

「そう。紬希が作ってくれたクッキーは甘かったがおいしいと思った。ちゃんと全部食べた。ちょこちょこ昔の話を会話に混ぜていたんだが、鈍感な紬希はまったく気づかなくて、俺のことなんて記憶から消されたのかと思っていたよ」

「大和さんの記憶力がよすぎるんです。あれ？と思うところもあったけれど、名字が違うから別人なのだと」

「まあ俺もすぐに教えなかったからな。あの高台ですべてを話したかったんだ」

ふっと笑って、コーヒーをひと口飲んでいる。

「いろいろ考えてくれていたんですね。クッキー、本当に食べられるのなら今度作りたいな」

「いいのか？」

「もちろん。今の部屋では作れないけれど。ここでなら」

「楽しみにしてる。あ、そうだ」

大和さんはソファから立ち上がると、グレーと白の北欧風のチェストの引き出しへ向かう。

戻ってきた彼は隣に座り、私を見つめる。

「紬希、手を出して」

「手……？」

言われるままに両手を出すと、大和さんは楽しげに笑う。

「左手だけでいい」

大和さんは私の左手を軽く支えるようにして持ち、薬指にまばゆい光を放つダイヤモンドのリングをはめた。

「エンゲージリング……？」

「ああ。おしゃれな食事や豪華な花束のサプライズのないプロポーズですまない。本当はもっと準備して渡そうと思っていたけど、早く俺のものになってほしくて」

「ううん。大和さんが連れていってくれるのは、おしゃれなレストランばかりじゃないですか。もう充分ロマンティックな雰囲気を味わっています」

私の指にはもったいないほどの大きなラウンドブリリアントカットのダイヤモンド。

その周りに、淡いピンク色のダイヤモンドがぐるっと縁取っている、美しくて贅沢すぎるエンゲージリングだった。

「大和さん、ありがとうございます。私がこんなに豪華な指輪をもらっていいのかな」

「世界中の輝かしいものを集めても、紬希のまばゆさには勝てないさ」

ちゅっとキスを落としてから、上唇を食まれる。

「今夜も泊まっていってくれるだろう？」

黒い瞳で甘く見つめられる。そんなふうに誘われたら嫌なんて言えない。そんなことはまったく思っていないけれど。

どんどん大和さんへの愛が大きくなっていく。

大和さんは私を膝の上にのせて、甘やかに唇を塞いだ。

九、ドキドキの同居

月曜日、西島部長の件があったので出社は気が重かった。週末は幸せに満ちた時間を過ごしたので二日間は忘れていられたが、今日は現実に直面しなくてはならない。

でも、金曜日のことは私が被害者だ。大和さんは今日から経理課、総務課の女性社員たちに対してセクハラやパワハラを受けていなかったか調査を始めると言っていた。

このことが解決してからエンゲージリングを身に着けようと、外して部屋に置いてきた。

普段、総務課では私が一番出社が早いのに、今日は課長の姿があった。

「おはようございます」

目と目が合い挨拶をした直後、課長は席を離れてこちらへやって来る。

「秋葉さん、おはよう。西島部長の件聞いたよ。ショックだっただろう?」

「ご迷惑おかけしています」

「じつは以前、西島部長のセクハラを噂で聞いたことがあったんだ。まさかと思ったが、本当だったとは驚きだよ」

「そうだったんですね……」

まったく知らなかった。情報通の愛華さんでさえそんな話をしていないので、おそらく総務課では一部の人しか知らないのかもしれない。

「とにかく今回の件は、専務から被害者の君の名前を出さないようにかん口令が出ているから、水面下で調査するはずだ。秋葉さんは周りを気にしないで仕事をしてほしい。また追って連絡が入ると思う」

「はい。わかりました」

課長がうなずいて自席へ戻る。

そこへ愛華さんが出勤して、着席したばかりの私の横にパタパタとせわしなくやって来た。

「紬希さんっ、忽那専務とお知り合いだったんですか？」

彼女から質問されるだろうと、大和さんが私の居所を尋ねたと聞いたときから予測していた。

「中学の頃の知り合いだったんだけど、私も彼が専務取締役だったことにびっくりで。大人の彼に気づかなかったの」

「あ！　ロビーで会ったときですか？」

「そ、そう。でも私は変わってなかったみたい。それで……」

あながち間違った説明ではないけれど、西島部長の件があるので詳しくは話さない方がいいと決めていた。

「中学のときの紬希さんもかわいかったんですね」

愛華さんは納得してくれたみたいだ。婚約したことを話すハードルが高くなってしまったが。

彼女は大和さんに給湯室にいると教えてすぐ退勤したみたいで、西島部長の件は知らないようだ。

考えてみれば、彼女が彼に居所を教えてくれたおかげでひどいことにならないで済んだのだ。このことはお礼を伝えたい。いずれは彼女にも調査が入ると思うので、話しておこう。

「愛華さん、今日のランチ一緒に行ける？」

「もちろんです」

彼女は私の話を聞いてスッキリした顔でにっこり笑った。

ランチ休憩に入り、近くの洋食レストランで熱々のグラタンを食べながら、西島部長のセクハラについて愛華さんに話した。

彼女は西島部長がそんな大胆な行動を取ったことに驚いていた。聞けば、書類を渡した際に受け取ったとき手を触られるとか、お尻になにかがあたるといったことがあったようだ。だが、偶然程度にしか思っていなかったと。

西島部長の悪行が発覚したのは、忽那専務に私の居場所を教えてくれたおかげだとお礼を伝えた。

そしてそれとなく、忽那専務とは昔のよしみで、ロビーで会って以降ときどき食事に行っていると話した。


終業後、帰宅してようやく人心地がつけた。

大和さんがかん口令を敷いたものの、同じフロアの女性社員に廊下やレストルームで会うと西島部長の件を話しかけられた。

男性社員はさすがにセンシティブなことなので話題にできないようだ。

やはり経理課では手や肩、お尻を触わられるのは頻繁だったようで、個々にミーティングルームに呼ばれ、忽那専務の男性秘書と話しやすいように秘書課の女性係長との面談があったと聞いた。

西島部長の件を深く考えていたところへ、突然センターテーブルの上にあったスマホが鳴ってビクッと肩が跳ねる。

今日、うっかりスマホを置き忘れていったのだ。

急いでスマホを手にすると、着信はあやめだった。

「もしもし？」

《私。紬希、もう帰宅した？》

「うん。五分前くらいに着いたの」

会話をしながら、壁時計へ視線を向ける。十九時三十分を回ったところだ。

《報告があって。私ね、家を出たの。で、哲也と結婚したわ》

「ええっ、本当に⁉」

いつかは一緒になるだろうと思っていたが、すでに結婚したなんてと驚いて、大きな声が部屋中に響いた。

《うん。忽那氏から父に破談の連絡がいって》

「そっか……。お父さんの反応は……？」

《もちろん激怒よ。私はほかに好きな人がいるからと言ったの。それで家を出たってわけ。いくら私と哲也に腹を立てても、娘がすでに結婚した相手の男性を陥れること

はしないでしょ》
「たしかにあやめはお父さんから溺愛されているんだから、今は許してもらえないだろうけれど、変なことはしないと思う」
《うん。もう実力行使しかないってね》
あやめは週末に哲也さんのアパートに転がり込んだと話す。
「仕事は？　秘書課だと社長のお父さんと顔を合わせるよね？」
《今は有給休暇中。お父さんの出方次第で退職するわ。起業してもいいし》
あっけらかんと口にする彼女に感服する。強い女性だ。
「びっくりしたけど、あやめを応援するわ」
《ありがとう。ところで、忽那氏とはどうなっているの？　彼と話してみて、紬希のことをちゃんと考えている感じがしたわ。しかも独占欲むき出しだったし》
「忽那氏って言い方、変よ」
聞きなれなくてクスッと笑う。
《だって話してみたら理路整然としているし、若いのに思ったより落ち着いていて。それに人を寄せつけないような美形だから〝さん〟より〝氏〟呼びをした方がしっくりくるもの。電話で話したときはめちゃくちゃ俺様だったわよね》

「うん……最初は俺様であっという間に話を決められちゃって焦ったけど……じっは……あやめ、私も聞いてほしいことがあるの」
彼女の話もびっくりしたけれど、今度はあやめを驚かせる番だ。
《いいわよ。今ひとりだし》
「大和さんね、中学のときの例の男の子だったの」
《ええっ⁉ それ、本当なの？》
二の句が継げないくらい驚いているみたいだ。
大和さんがニューヨークへ行った経緯や、約束を守ることができなかった高台でプロポーズされたことも話した。
《お見合いに紬希が現れた時点でわかっていたのに、それまで黙っていたなんて鬼畜ね。でも思い出の場所で告白するなんてロマンティストだわ。それに筋を通す人ね》
「筋を通す人？」
意味がわからなくて困惑気味に尋ねる。
《破談の連絡を入れてから、紬希にプロポーズしたことになるもの》
「そうだね。今思うとちゃんと考えてくれていたんだなって。私もここを引き払って、大和さんのマンションに引っ越しをすることになったの」

《紬希、愛されているわ。結婚前の同棲ね。よかったじゃない。初恋が実ったのよ？　しかも相手は御曹司だなんて、素敵じゃない！　私はこれから茨《いばら》の道で、紬希は平穏でなにも心配のいらない幸せな道に進むのね》

笑い声が聞こえる。

「平穏かな……。まだ両親に話していないし、大和さんのご両親に挨拶もしていないし。不安ばかりよ。あやめなら茨の道もすぐに変わると思う」

《たしかにそうね。がんばって。紬希なら大丈夫よ》

私たちはお互いを鼓舞して電話を終わらせた。その途端に大和さんからの着信音があり、通話をタップして出る。

「もしもし、大和さん」

《紬希はもう自宅か？》

「うん。少し前に着いたら、あやめから電話があって話していたの。あやめ、哲也さんと結婚して家を出たって」

《行動をそろそろ起こすって言っていたやつか》

「もう少し後かなと思っていたから、びっくりしちゃって」

《いろいろ考えていたんだろう。話は変わるが、西島の件は今日から調査している》

そこで電話の鳴る音が聞こえてきた。

「あ、大和さんはもしかしてまだ会社に？　電話が」

《待っていた電話だ。すまない、またな》

通話が切れてスマホをテーブルに置く。

大和さんは電話で西島部長の件の進捗を伝えようとしてくれたんだろうか。気になるけれど忙しそうだから、明日尋ねてみよう。

食事後、パソコンを立ち上げて引っ越し業者を検索する。

お母さんとお父さんにも、大和さんのこと話さなきゃ。ドキドキしちゃうな……。

先延ばしにしたら、あっという間に引っ越しの日になってしまうし、落ち着かない。

今までボーイフレンドがいたことがなかったから、どんなふうに話せばいいのかわからない。

時刻は二十一時なので、お母さんは家事から解放されてゆっくりしている頃だろう。

スマホを手にすると、胸を暴れさせながらテレビ電話にしてかけた。

《あら、紬希。久しぶり。髪形変えたのね、いいじゃない。すごくかわいいわ》

以前の髪形は母に不評だった。心配かけたくなくて、セクハラの事情を話していなかったせいもある。

以前の会社を辞めたことも、光圀商事への就職が決まるまで秘密にしていた。

「元気？」

《ええ。お父さんはまだ帰ってきていないの。どうかしたの？》

「う……ん。じつは……」

大和さんのことを報告した。

《数日前もお父さんと、紬希にいい人がいないのか話をしていたのよ。でも、光圀商事の社長のご子息だなんて、腰を抜かすくらい驚いたわ》

「だよね。家柄はたしかに違うけど大和さんを愛しているの。彼も愛してくれているから、安心して。紹介する時間をつくるから」

《わかったわ。お父さんに話しておくわね。驚愕すると思うけど。じゃあ、おやすみなさい》

「よろしくね。おやすみなさい」

無事に報告できたことにホッとして通話を終わらせた。

その週の金曜日の午後、コーヒーでも入れてこようと椅子から立ち上がりかけたとき、内線が鳴った。

どこからの内線なのか、表へ視線を走らせて確認すると専務室だった。

大和さん……。

「はい。総務課、秋葉です」

初めての社内での内線に鼓動がドキドキしてくる。

《専務室に来てほしい。西島の件だ。今来られるか？》

「大丈夫です。すぐにお伺いします」

《わかった》

受話器を置いて、事情を周知している課長のところへ行く。

「課長、例の件で専務から呼ばれました」

「わかりました。行ってきてください」

課長の席を離れ総務課を出て、いったんロビー階へ下りる。それからほかの重役に会ったら気まずいなと考えながら乗り換える。

重役階へ向かうエレベーターには自分ひとりだったので安堵しつつ、けれど専務室に向かう緊張感に襲われながら三十一階で降りた。

目の前のカウンターに綺麗な三十代くらいの女性がいた。

ほっそりした女性はクリーム色のツーピースを着ている。重役階で仕事をする女性は、身なりにもかなり気をつけなければならないのだろう。

今日はグレーのスーツを着ていてよかった。

名乗る前に、彼女は私が首からぶら下げているIDカードの名前を確認し、にっこり笑みを浮かべる。

「秋葉さんですね。専務室へどうぞ。右手の三番目のドアになります」

「ありがとうございます」

会釈をして専務室へ歩を進めた。

ノックをしてすぐ中から男性が姿を見せた。以前ロビーで大和さんと一緒にいた男性だ。秘書は男性と聞いていたので彼だろう。

「秋葉です」

「どうぞお入りください」

男性秘書が脇に退いて中へ進む。

私たちの関係がどこまで男性秘書に知られているかわからなかったので、執務デスクから立ち上がった大和さんに深くお辞儀をした。

「おつかれ。カップの前に座って」

中央に白いレザーのソファセットがあり、三人掛けの方を示される。センターテーブルの上には、有名コーヒーショップの蓋つきカップが置かれている。

私が座ると、彼も同じカップを手に斜め横のひとり掛けのソファに腰を下ろした。

「紬希の好きなカフェラテだ。飲んで」

名前を呼ばれてドキッと心臓が跳ねる。このぶんでは男性秘書に話をしていそうだ。

それでも仕事中なので、きっちりした対応をしなければ。

「ありがとうございます。いただきます」

そんな私に大和さんは笑みを漏らす。

「西島の件だが、今まで悪質に思われない程度に女性社員に触れる行為をしていた。触れられた方も、紬希のようなことをされたわけではないから上司への報告はしていなかったと」

愛華さんの話と同じだった。

「……私が西島部長を陥れたみたいになってしまいますね」

給湯室のドアの鍵が閉められただけで、中で起こったことは私の証言しかないのだ。

ハニートラップのように思われても仕方がなくなる。

「大丈夫だ。以前経理課にいて、今年上海《シャンハイ》支社に異動したチャンさんを覚えているか？」

「はい。家族が上海に戻るので、異動願を出して受理された綺麗な女性です。愛華さんと入社が同じなので現在二十四歳ですね」

「ああ。彼女に連絡を取ったら、チャンさんは西島から執拗にセクハラを受けていたと話してくれた。しつこい誘いに仕方なく食事をした後、タクシーで送ってもらうはずが、ホテルに連れていかれそうになったと言っていた」

ひどい内容に顔がゆがむ。

「誰にも話さなかったのでしょうか……？」

「ああ。西島に脅されたそうだ、紬希みたいにな。しかも直属の上司が西島だった。社会経験が浅く、黙るしかなかったようだ」

「かわいそうに……。証拠もなく、涙をのんだんですね」

「彼女の異動願に西島も安堵しただろう。冷めるから飲んで」

「はい。いただきます」

軽く頭を下げてカップを口につける。

買いに行ったのは大和さんではないと思うけれど、私好みの味で笑みを深める。

昨日西島部長を呼び、大和さんを含め法務部部長とともに事情を聞き、チャンさんと私へのセクハラを認めたそうだ。会社を辞めるか、スリランカにある紅茶事業の工場へ異動するかを提示し、選択させたとのこと。

会社を辞める場合は懲戒解雇になり、次の就職先を探すのが大変になる。家族がいるのでこの件は内密に済ませてほしいと懇願され、スリランカの工場へ行くことになったと大和さんは話してくれた。

「辞めさせられずにすまない」

大和さんが頭を下げるので、慌てて手と首を振る。

「迅速な対応に感謝しかありません。ありがとうございました。二年前にいろいろと調べ、裁判になったとき会社側が負けることもあると知ったので、この処置は最適だと思います」

しっかりと法務部が入っているので、念書などを書かせているだろう。

「給湯室できっぱり西島を非難した紬希のおかげで、チャンさんの件が発覚したんだ。彼女にも処遇を伝えたら喜んでいたよ。じゃあ、仕事があるだろう。行っていいよ」

「この件は総務課の課長に話してもよろしいでしょうか？」

「ああ。かまわないよ」

「わかりました。それでは、失礼いたします」

ソファから立ち上がり、お辞儀をする。

「まだ入っているだろう？　カップは持っていって」

大和さんがカップを取ってくれ手渡される。

「ありがとうございます」

「引っ越し準備がんばれよ」

「はい」

入口近くのデスクにいる男性秘書に会釈してから専務室を後にした。

この週末、大和さんは社長とゴルフコンペを含めた接待旅行で宮崎県《みやざきけん》へ行くそうなので会えない。残念だけど、引っ越し業者から段ボール箱が届くので荷物整理をして気を紛らわそうと思った。

そっけない挨拶になってしまったから、後で【いってらっしゃい】のメッセージを送ろう。

廊下を進み受付カウンターの女性に軽く頭を下げて、エレベーターを待つ。

エレベーターがやって来て扉が開くと同時に、中から若い女性が出てきた。スラリとしていて目を引く美人だ。

社員のＩＤカードの紐はブルーだが、その女性は赤なのでゲストのようだ。

女性が降りたエレベーターに乗り込み、ドアが閉まる前「忽那社長と約束をしています」と聞こえた。

総務課に戻って課長に「今よろしいでしょうか？」と声をかけ、五階にある小会議室で先ほどの西島部長の件の報告をした。

「チャンさんの証言があってよかったよ。じつは、社員たちの間で西島部長は女性社員の手やお尻に触れるだけで、大それたことはしないだろうから、君が大げさに反応しただけじゃないのかと話が飛び交っていたんだ」

「そうでしたか……」

その話が私のところまで届かなかったのは、愛華さんが止めてくれていたのかもとふと思った。

「いや、気にしないでくれ。西島部長も認めたんだから、秋葉さんは堂々としていてくれればいい」

「はい。気にしていません。ご心配おかけしました」

お辞儀をして仕事に戻った。

土日の部屋の片づけや荷造りは順調で、来週末を使えば終わりそうだ。

休日は接待で休みのない大和さんは平日も忙しく、毎日二十三時過ぎまで働いている。海外支社との会議もあり、時差の関係で遅い時間からになることもあると言っていた。

でも隙間時間に電話をかけてきてくれる。

水曜日も、帰宅して一時間くらい経って大和さんから着信があった。

《会えずにごめんな。食事だけでも行きたいと思っているのに》

「ううん。睡眠時間があまり取れていないでしょう？　大丈夫？」

《ああ。平気だ。紬希が早く引っ越してくれたらゆっくり眠れる。ところで、ご両親には俺の話をした？》

「はい、お母さんに。驚いていたけれど、もうすぐ二十七だし彼がいる話もしないから心配していたって。忽那家のような家に娘が嫁ぐなんてと憂慮してたけど」

《そんな心配は必要ないが、気持ちはわかる。できたら今週末会いに行こうか。都合を聞いてくれないか？　だめなら次の週の都合も》

「大和さん、多忙なのに……」

《前から考えていたことだ。同居する前に挨拶するのは当然だよ》

大和さんの気持ちがうれしくて笑みを深める。

彼との通話を切った後、母に電話をしてまだ帰宅していない父に週末の都合を聞いておいてほしいとお願いした。婚約者を連れていきたいからと言うと、電話口の母はあたふたしている様子だった。

通話を切って一時間後に母から着信があり、土曜日の夜なら父の都合が大丈夫とのことだった。

父は自動車メーカーのディーラーの支店長で、週末は出勤日だ。でも大和さんの都合を考えて、土曜日早めに早退してくれるようだった。

大和さんに【土曜日の夜なら大丈夫】とメッセージを送る。

土曜日朝の便で大阪に向かい、観光をしてから夕方自宅に行く予定になった。

私たちが乗った旅客機は羽田《はねだ》空港を九時に離陸し、約一時間後には伊丹《いたみ》空港に到着する。

毎日が慌ただしく過ぎていき、もう十一月中旬だ。

大和さんが取ってくれたビジネスクラスの席に座り、隣に座る彼はスマホで大阪観光をチェックしている。

トレンチコートを脱いだ彼は、クリーム色のセーターとブラウンのチノパン姿だけれど、挨拶の際にはスーツに着替えるのでキャリーケースを持ってきている。

私も今は白いカットソーにベージュのデニム地のジャンパースカートを身に着けているが、数日前にデパートで購入した薄いピンク地にグレーのラインの入ったツイードのツーピースに着替えるつもりだ。

普段はデパートでは買わないけれど、今後大和さんのご両親に挨拶に伺うときにも着られるので思いきって選んだ。

「紬希、昼はなにを食べたい？」

「んー、大阪って言ったら、たこ焼きや串カツがご当地グルメよね。大阪には年に一度か二度しか行かないので、観光したのも数回でよくわかっていないんです」

「じゃあ、行きあたりばったりで見つけたら入ろう」

大和さんは決まったとばかりにスマホをポケットにしまう。

「お母さんが夕食を用意しているので、おなかいっぱい食べちゃだめですからね」

「それは紬希だろう？」と彼は笑う。

「それはそうと、今夜紬希は実家に泊まれよ」

彼は機内サービスのコーヒーを飲む。

「大和さんだけホテルに帰るの？」

「その方がいい。年に一度か二度しか会っていないのなら、積もる話があるだろう？ご両親も寂しいはずだ。明日の午後に迎えに行く」

たしかに、ほんのわずかな滞在時間だけでは両親に申し訳ない気持ちもある。大和さんの気持ちも汲《く》んで、甘えることにした。

伊丹空港に十時過ぎに到着したのち、タクシーで繁華街へ向かう。天気がいいのでそれほど寒く感じない。

コインロッカーに荷物を預けて、道頓堀《どうとんぼり》近辺やリバークルーズ、その間に串カツやたこ焼きを食べて、ぶらついていると十五時に。

ホテルへ行き、チェックインを済ませてシャワーを使ってから部屋で着替える。

ここから自宅まではタクシーで二十分くらいだ。

支度を済ませると、大和さんが私を見て口もとを緩ませる。

「どうして笑うんですか？」

「いや、かわいいなと。素敵なツーピースだ」

ジャケットの下は半袖のワンピースで、スカートはほどよく広がるラインになっている。

「こんな色を着るのは久しぶりなので、照れくさいです」

「俺のイメージは明るい色を着た紬希だよ。制服姿しか見ていなかったけどな」

大和さんは紺色のスーツに淡い黄色のネクタイをしめている。

彼のスーツ姿を見たのはロビーで助けてくれたときと、西島部長の処遇について報告を受けたとき、そして今の三回だけ。会社ではまじまじと見られなかった。

こうして見ると、バランスの取れたモデル張りの体躯にスーツは見惚れるくらい素敵で似合っている。

「中学の制服からスーツになった大和さんを見ると、大人になったんだな〜と、しみじみ思います」

「まあな。もう十四年経っているんだから成長していないとな」

「すごーくかっこいいですよ」

「まったく、からかってる？」

大和さんは笑いながら手のひらを私の両頬へ置くと、顔を傾けて唇を甘く塞ぐ。

「もうっ、リップが落ちちゃうじゃないですか」

笑いながら窘めると、大和さんも楽しそうに口角を上げる。

「仕方ないだろう。かわいすぎる紬希のせいだ。愛してる」

サラッと愛の告白をされ、頬に熱が集まって手を顔に向けてパタパタさせる。

「行こう。リップはタクシーの中で直せばいい」

からかう大和さんは笑って私の肩に触れると、ドアに促した。


ホテルのエントランスからタクシーに乗り込み、自宅へ向かう。

タクシーの中では隣に座る大和さんの言葉が少なくなった。

「大和さん、緊張していますか?」

「ああ。自分でも驚いているくらいにな。普段どんなにすごい人物と仕事で会うときやプレゼンなどもまったく緊張しないが、今日だけは違う」

「大和さん……」

「大事な紬希のご両親に会うんだから、仕方ないな。気に入ってもらえるだろうかと不安になる」

彼は小さく笑みを浮かべて、私の手を握った。

「大和さんが緊張する必要はないです。もちろん両親は気に入ってくれますよ。私にはもったいないくらいの人なんですから。あ、もうそろそろ着きます」

車窓から実家のあるマンションが見えてきた。

マンションは十階建てで、高いところが苦手な母なので、二階を選んで住んでいる。

大和さんの手には東京から持ってきたお土産と、大阪を歩いていて見つけたおいしそうなケーキ店のショッパーバッグがある。

自宅に案内して、インターホンを鳴らしてすぐ笑顔の母が現れた。

「お母さん、ただいま」

「おかえりなさい。まあ、こんなに素敵な方だなんて……」

母が彼を見てため息交じりに漏らす。

「忽那大和と申します。急な連絡にもかかわらず、時間をつくってくださりありがとうございます」

「そんな堅苦しい。紬希が結婚したい方なので、私どももお会いできるのがうれしいんですよ。さあ、どうぞ狭いところですがお上がりください。紬希、大和さんを和室に案内してね」

母は先に家の中へ消えていき、大和さんは「お邪魔します」と言って革靴を脱ぐ。

「大和さん、こっちです」

頼まれた通りに大和さんを和室に案内した。

３ＬＤＫのごく標準的なマンションだ。

ふたりで並んで座っていると、開襟シャツとグレーのスラックス姿の父が現れた。自動車メーカーのディーラーの支店長だけあって、人あたりのいい笑顔で大和さんと挨拶を交わしている。ビジネスマンらしく名刺の交換も。

お嬢さんとお付き合いさせていただき、先日プロポーズを受けてくださいましたと、結婚の意思を込めた大和さんの言葉に両親はうなずきながら聞いている。

「娘をよろしく頼みます」

父も彼を気に入ってくれた様子で、胸をなで下ろす。

私たちは中学生の頃に両親も知っている高台の広場で出会っていたことを話すと、心底驚いていた。

「じゃあ、中学一年の期末テストの結果が格別によかったのは大和さんが教えてくれたおかげなのね」

思い出した母は口にする。

「よく覚えていましたね？」

大和さんが不思議そうに尋ねる。

「ええ。勉強が楽しくなったとうれしそうだったのよ。あ、もっと召し上がってくださいね」

テーブルの上には大阪名物の箱寿司をメインに、煮物やポテトサラダ、唐揚げとエビフライが並んでいる。

「大和さん、ビールよりもウイスキーがいいかな？」

父は一緒にお酒が飲めてうれしそうだ。

「いえ、ビールでかまいません」

瓶ビールを持った父にお酌をされて、大和さんも同じく返している。

会話も弾み、時間は瞬く間に過ぎていく。

泊まっていくよう勧める両親に、大和さんは「久しぶりの実家で積もる話もあると思いますので」と言って、呼んだタクシーに乗ってホテルに戻っていった。

大阪から戻って翌週の土曜日に、大和さんの家へ引っ越しを済ませた。

引っ越し業者が積んだ段ボール箱を見て、ふぅとため息が漏れる。

家具などは処分したので荷物は思ったよりなかったが、この二週間が忙しすぎて疲れを感じていた。

「紬希」

大和さんがドアのところで顔を覗かせる。

「カフェラテを入れた。ひと休みしよう。引っ越し蕎麦のデリバリー頼んでいるから三十分くらいで来るはずだ」

一緒に戻ると、彼はキッチンからふたつのカップを手にしてリビングルームのローテーブルに置く。

「ありがとう」

彼の隣に腰を下ろして、温かいカフェラテを飲む。

「んっ、おいしい。生き返る」

そう言う私の顔をまじまじと見る大和さんは「クックッ」と笑う。

「どうして笑うの？」

「原因は、これ」

大和さんが顔を傾けて、私の上唇をなめるようにキスをして離れる。

「紬希がカフェラテを飲むたびに、癖になりそう」

もう一度唇が重なった。

啄むようなキスから、口腔内を探索され、どんどん深くなったとき、インターホンが鳴った。

「邪魔が入った。デリバリーだと思う。予定より早いな」

大和さんは苦笑いを浮かべて、インターホンのパネルに近づいた。

お蕎麦を食べてから、段ボール箱が積まれた部屋で片づけを始める。服は大和さんの寝室の隣にあるウォークインクローゼットにしまうが、細々としたものは七段あるチェストと本棚で収まりそうだ。

しゃがんで段ボール箱から本を取り出そうとしたところで、うしろからふんわりと腕が回って抱きしめられる。

大和さんの唇が頬に触れた。

「どう？　進んでる？」

「ふふっ、大和さんが邪魔をしなければあと二時間くらいで終わるわ」

「手伝ったら一時間か？」

吐息が耳たぶに触れて、鼓動が暴れてくる。

誰にも邪魔されない空間でふたりきり。想像以上に甘い雰囲気が漂っていて、同居とはこういうものなのかと地に足がついていない感覚だ。

「い、いいよ。恥ずかしいし、大和さんは好きなことしていて」

そこで話さなければならないことを思い出して、大和さんの腕の中で向き直るが、無理な体勢で動いたのでバランスを崩してうしろに倒れそうになる。

「きゃっ！」

大和さんの背中に回ったままの腕が段ボール箱にぶつかるのを回避して、その横に倒れた。

「紬希っ、痛くなかったか？」

私を助けた彼も一緒に倒れ込んで、顔が至近距離のところにある。

彼のとっさの判断により守られて、私はぜんぜん痛くない。

「大和さん、手は大丈夫⁉」

変な体勢にもかかわらず、大和さんは体重をかけないようにしてくれている。

「これくらいで痛めないさ」

背中にあった手を私の顔の横に移動させ、軽く唇を重ね合わせた。

それから上体を起こしてくれる。

「そうだ、話そうと思っていたことが」

「どうした？」

「ご両親に挨拶する前に同居してよかったのかなと……。すぐにでも挨拶に行った方がいいですよね」

「ああ。そのことだけど、父は今、母を連れた出張でヨーロッパを回っていて留守なんだ。仕事とプライベートで帰国は十二月に入ってからになる。話はしてあるから気にしないでいい。帰国したら会いに行こう」

「そうだったんですね」

忽那家のご両親に挨拶をしなければならないと思いつつも、会うのはプレッシャーだった。

でも先延ばしになっただけなので、いずれは顔を合わせなくてはならない。

「片づけが終わったら食材の買い物に行ってきますね」

「今夜は外で食べよう」

唇がおでこから鼻のてっぺん、そして私の唇に移動していく。

「もう紬希が食べたくなる」

「大和さん……」

もう一度唇が甘く塞がれ、抱き上げられていた。

ベッドの上で絡み合う肢体。

大和さんの髪が、開かされた太ももの内側に触れた。

すでに一度高みに持っていかれ、全身が敏感になっている。

「ん、ふ……あ、ああっ……」

疼いて仕方なく、息が乱れる。

「かわいい。もっと俺を欲しがれよ」

羞恥心に襲われながら、サラサラの彼の髪に指を通す。

「も……だめ……」

懇願するように漏らすと、唇が荒々しく塞がれた。

大和さんに抱かれて、込み上げてくるような愛おしさを知った。

「いいか？　一緒に……クッ……」

強く抱きしめられて、波のように襲ってくる快楽に身をゆだねた。

十、彼にふさわしい彼女

同居してから初めての月曜日。

朝食に大和さんのリクエストのおにぎりとお味噌汁を作り、ダイニングテーブルで向かい合って食べる。

「おいしいよ。ありがとう」

彼は三つ目を豪快に口に入れている。

「ふふっ、出勤前にこんなふうに食べられるのって幸せを感じる」

「俺もだ。残念だが今夜は遅くなるから夕食はいらない。連絡するけど、遅いようだったら先に寝てて」

「はい。ちゃんと夕食食べてね。ごちそうさまでした」

両手を合わせて食べ終わった大和さんの食器と重ねてから、シンクに運び手洗いを済ませて出社の準備をする。

大和さんもスーツの上着を羽織り、ビジネスバッグを持つ手にトレンチコートをかけている。

エレベーターに乗って一階と駐車場のある地下一階を押す。

「なんで一階を押すんだ？」

「え？　私は電車で行くよ」

「同じところへ行くんだから乗っていけばいい」

「え？　でも……」

腕時計へ視線を落とすと八時十分を回ったところだ。

一階に到着して扉が開くが、大和さんが閉のボタンを押して閉める。

「ちゃんと時間までには着くから」

婚約していることはまだ誰にも知られていないから、誰かに目撃されたら……と考えると困惑しているうちに地下一階に到着する。

「ほら行くぞ」

手を引かれてダークグリーンの美しい車に歩を進めた。

「おはようございます。愛華さん、早いね」

総務課へ入ると、いつもの出勤時間なのに愛華さんが出勤していた。

「おはようございます。今日の私はやる気に満ちているんです」

「なにかいいことでもあったのかな？」

「はいっ！　恋はいいですよね。紬希さんもそうじゃないですか？」

「え？」

彼女はまだ私と忽那専務の関係を知らないはずなのに、ドキッと心臓が跳ねる。まだ公表するには時期尚早な気がして、エンゲージリングは外してある。

「だって、イメチェンしたのも恋をしたせいですよね？」

「ま、まあ……そうかな」

楽しそうな愛華さんにつられて笑みが漏れた。


午後、これから年末に向けての防災設備点検と清掃会社への連絡を済ませて、飲み物でも入れようと椅子から立ち上がった瞬間、目の前が真っ暗になって浮遊感に襲われた。

慌ててデスクに手をついたが、脚の力が抜けてその場に座り込む。キャスター付きの椅子に腰がぶつかり派手な音を立てた。

「紬希さんっ、大丈夫ですか⁉」

愛華さんが席を離れ私の肩に触れて支えてくれる。

「ちょっと、立ちくらみが……ごめんなさい、びっくりさせちゃったね」

「今小会議室空いていると思うので、休んでから帰った方がいいのでは？　ランチのときも食欲がなさそうでしたね」

愛華さんに支えられて立ち上がり、椅子に座らせてもらう。

目を開けるとまだ焦点が合わず瞼を閉じる。

「秋葉さん、休んで治まってから帰りなさい」

課長の声がすぐ近くから聞こえる。

「少し休憩したら治まるかと……」

「その状態だと、病院へ誰か付き添っていった方がいいか」

課長の心配そうな声に、瞼を開け「少し休んでから早退させてください」と言った。

一時間後、贅沢だけれどタクシーに乗って帰宅した。

「おかえりなさいませ」

マンションのドアマンがタクシーの横に立ち、頭を下げられる。

「ただいま……です」

慣れない出迎えに、あまり頭を動かさないようにして挨拶してロビーに歩を進めた。

挨拶するコンシェルジュのカウンター前を通り過ぎ、エレベーターホールへ行き、家に入るとホッと安堵する。

壁時計の針は十五時を示している。

大和さんは今日は遅いって言っていたからよかった。夕食を作らないで済むし、彼が帰宅する頃にはこの状態も改善しているはず。

こんなに目眩《めまい》に襲われるのは初めてだったが、引っ越し作業で忙しかったり両親に大和さんを会わせたりするなどの精神的な心配事もあったので、普段よりどっと疲れが出たのだろう。

メイクを落として部屋着に着替え、広いベッドに倒れ込むようにして横になり目を閉じた。

体を横たえてすぐ眠りに引き込まれた。

額にひんやりとしたものが触れて、意識が浮上した。

目を開けるとベッドの端に腰を掛け、心配そうな顔をした大和さんがいた。室内にダウンライトのオレンジ色の明かりがついている。

「あ……」

一瞬どうして眠っていたのかわからなかったが、すぐに把握した。

「熱はないみたいだが具合が悪いんだろう？　病院へ行こう」

「だ、大丈夫。眠ったら治ったみたい」

横になっているせいかもしれないが、目を開けても不快感はない。

「今何時……」

大和さんは遅くなると言っていたので、もう二十四時近いのではないだろうか。

「八時だ」

「え？　大和さんはお仕事の真っ最中のはずじゃない」

びっくりして体を起こす私に、彼は「まだ起きるなよ。ちょっと待ってて」と言いつつウォークインクローゼットに消える。

戻ってきた大和さんの手にアッシュブルーのカーディガンがあって、上体を起こした私の肩に羽織らせてくれる。

男性物のカーディガンは、大和さんにすっぽりと包み込まれるみたいだ。

「七時過ぎに何回かスマホに電話をかけても出ないから、心配になってコンシェルジュに戻ってきているか確認したら、三時前にタクシーで帰宅したと言われて慌てて戻ってきたんだ」

「ごめんなさい。目眩がひどかったの。もうよくなったから会社に戻ってください」

仕事に支障がないか気になる。

「もともとニューヨークとオンライン会議だったから、書斎でやることにした。だから大丈夫だ。夕食を作るよ。一昨日《おととい》うどん買ったよな。それでいい？　食べられる？」

「私が作るよ」

ベッドから下りようとすると、制されて戻される。

「まだ横になっていろよ。明日病院へ行くんだ」

「病院なんて行く必要ないわ。最近バタバタして忙しかったから体が追いついていかなかっただけ」

そう言った瞬間、大和さんがシーツに手をついて顔を近づけた。ふいうちで見つめられると、彼の顔が美麗すぎて鼓動が乱れてくる。

「紬希、心配だから行ってほしい。俺を安心させてくれないか？」

甘い声で懇願するように言われてはうなずくしかない。

「明日……病院へ行ってきます」

「絶対な。じゃあ、作ってくるから少し横になっていろよ」

大和さんはもう一度念を押して、部屋を出ていった。

二十一歳からひとり暮らしをして、風邪をひいても今までこんなに心配をされたことがなく、申し訳ないと思いつつも大和さんに大事にされているのがうれしかった。

三十分ほどして、大和さんが作ってくれた温かいうどんをいただく。

ネギとわかめに卵を落としたうどんだった。白身は固まっていて黄味だけがトロッとやわらかくとてもおいしかった。

大和さんは二十二時からオンライン会議なので、急いで食べて「食べたら横になるんだぞ」と言って書斎へ入っていった。

食器は食洗機に入れるまでもなく、洗い終えてから寝室へ戻った。

シャワーを浴びてからベッドに横になりスマホを開いてメッセージをチェックし、あやめのSNSを開く。

最近どうしているか気になっていた。

「あ……」

今まで料理をしていなかった彼女なのに、ふたり分の料理の写真をアップしている。

【おいしそう】とコメントを入れていると、たっぷり眠ったはずなのに眠気がやってきて、スマホをサイドテーブルに置いて目を閉じた。

翌朝、スマホのアラーム音で目を覚まし、隣で寝ている大和さんの眠りを妨げないよう急いで止める。

そっとベッドから抜け出そうとしたところで、腰に大和さんの腕が回る。

「おはよう」

「おはよう、え？　きゃっ」

彼は自分の方に引き戻し、私の首もとに顔をうずめる。

「いい香り」

肌に唇が触れる。

「目眩はないのか？」

「うん。たくさん眠ったからよくなったみたい」

笑顔を向けると、鼻に軽くキスが落とされる。

「よくなったのはうれしいが、病院は行くんだからな」

「午前中に行って、午後出社にしようと思ってる」

「紬希」

ふいに大和さんは真面目な顔になって口を開く。

「今週金曜からニューヨークへ出張しなければならなくなった」

「え？　ニューヨークへ？」

「ああ。どうしても俺とでなければ契約をしない取引先があって、商談しに行かなければならなくなったんだ。一緒に住み始めたばかりなのにすまない」

「ううん。お仕事なんだから謝らないで」

「俺が、紬希のそばにいられなくて寂しいんだ。紬希は寂しくないのか？」

「もちろん大和さんよりもっと寂しいよ」

うんざりしたみたいな大和さんに、寂しい気持ちが少しだけ軽くなった。

病院で自律神経や聴力、血液検査を受けた。

血液検査の結果だけは一週間後だけれど、そのほかは問題なくホッとした。

その旨を大和さんへメッセージを送り、会計を済ませてから会社へ向かう。

駅に着いてスマホを見ると、彼からメッセージが入っていた。

【とりあえずよかった。ランチ、こっちで食べないか？】

こっちって、専務室……？

【戸惑っている？　会社に着いたらそのまま来ればいい。弁当を用意しておくから】

会社に到着する時刻はお昼休みを少し過ぎてしまうので、近くのコーヒーショップで食べようと思っていた。

大和さんが誘ってくれるのは、突然の出張の埋め合わせなのかもしれない。

【わかりました。これから向かいます】

メッセージを送って、電車に乗り込んだ。

社屋に入ってセキュリティゲートを通り、直接重役フロアへ行くエレベーターに乗り込む。

待つ間や乗り込む際、知り合いに見られないかドキドキして、これでは不審者みたいだ。

三十一階に到着して、前回ここへ来たときとは別の女性が「どうぞお進みください」と言ってくれたが、なにかとげがあるような言い方だった。

一般社員の私が専務になんの用なのかと解せないのだろう。

専務室のドアをノックすると、大和さん自らが出迎えてくれる。

「入って」

オフィスには大和さんしかいなかった。お昼休みだから出ているのかもしれない。

ベージュのコートを脱いで、ソファに歩を進めて背もたれにかける。

センターテーブルに四角い漆塗りの箱がふたつ用意されていた。

「さっぱりした方が食欲も出ると思って、和食にしたんだ」

お茶も用意されていて、入れたばかりのようで湯気が立っている。

「すごい豪華……」

彼が蓋を開けてくれる。

「いつもは役員会議のときくらいしか食べていないからな。今日は特別だ。食べよう」

いくつかの陶器に盛られたおいしそうな料理に、ひょうたん形に象《かたど》られた五目寿司もある。

「いただきます。私から連絡がなかったらどうしていたの？　すぐに頼んで用意できるものじゃないよね？」

「いちおうオーダーしておいて、紬希が無理だったら大倉さんが食べただろう」

「大倉さん？」

箸を止めて首をかしげる。

「秘書だよ。この前もいただろう？」

「大倉さんに申し訳ないことをしちゃったね」

「もともと紬希のために頼んだんだから気にする必要はない」

老舗料亭の極上のお弁当をゆっくり味わって食べたので、おなかが満たされた頃にはあと十分でお昼休みが終わる時間になっていた。

「ごちそうさまでした。もう行くね」

「ああ。無理せずにな」

大和さんがソファの背にかけたコートを手にして渡してくれる。

「はい。じゃあ、行きますね」

「紬希」

一歩近づいた大和さんは、名前を呼ばれて「え？」となった私のポカンと口を開けた唇に軽くキスした。

大和さんとゆっくり時間を過ごせない日々の中、あっという間に木曜日になってしまった。

明日の朝、大和さんはニューヨークに向けて発つ。

「おつかれさまでした。お先に失礼します」

誰にともなく挨拶をして総務課を出た。愛華さんは少し前に退勤している。

エレベーターで一階に下りてセキュリティゲートを通る。

大和さんは今晩二十一時頃に帰宅するから夕食を一緒にと約束してくれたので、お鍋の準備のためにスーパーマーケットへ寄る予定になっている。

どんなのがいいかな。水炊き？　すき焼き？　キムチ鍋？　どれも捨てがたいわね。

そんなことを考えながら、社屋のエントランスに向かっているとき、突然女性が目の前に立った。

「秋葉紬希さん？」

目鼻立ちが完璧な黄金比率の美人で、スタイルもいい。そんな人が私を知っている……？

「は、はい……」

見知らぬ女性に困惑するが、どこかで見たことがある。

「優里亜《ゆりあ》・ジャクリーンです」

あ、重役フロアのエレベーターから下りた人だわ。

「話したいことがあります」

「私に？　いったいなんの話でしょうか」

彼女が忽那社長を知っていることから嫌な予感に襲われる。

「ここでは話せません。隣のコーヒーショップへ行きましょう」

「でも、なんの——」

「大和の話です」

嫌な予感は的中してしまったみたいだ。

聞きたくないけれど、こうなったら聞かなくてはならない。

「わかりました」

私の返事に満足したように彼女は微笑して歩き始めた。

社屋を出た隣のビルの一階にカフェがあり、店内はビジネスマンの姿が数人しかいない。

なにを話されるのか気になりすぎて飲み物を飲む気にもなれないが、入ったからには注文しなくては。

ウエイトレスがやって来て、彼女はブラックコーヒーで私はカフェオレを頼む。

「ご用件を言ってください」

幸い周りには誰もいない。

「大和と私は以前、婚約する手前までいった仲なの」

驚きすぎて言葉を失った。

「私たちは幼なじみよ」

「それは……ニューヨークで？」

「ええ。学校も大学まで同じで、両親同士が仲よくていつも行き来していたわ」

目はアーモンド形、鼻筋は外国人の血が入っていて頬骨ともに高く、ルージュを塗っている唇はぽってりと目を引き、見れば見るほど美人だ。

こんなに綺麗な人と大和さんが幼なじみで、婚約寸前まで……。

「どうして婚約しなかったのか気になるでしょう？」

そこへウエイトレスが飲み物を運んできて、彼女は口を閉じる。ウエイトレスが飲み物の入ったカップを置いて去っていってから話し始める。

「大和は乗り気だったけれど、私がファッションの勉強をしたくてパリへ留学を決めたことで婚約は保留になったの。でも、私は大和のパートナーになるために戻ってきたわ」

「……どうして私のことを？」

カップを美しい所作で持ち飲んだ優里亜さんはふっと笑みを漏らす。

「調べたからに決まっているじゃない。同居を始めたことも知っているわ。でも、あなたは大和になにをしてあげられるかしら？」

「なにをしてあげられる……？」

質問の意図がわからなくて当惑する。

「父はアメリカの大手銀行のトップなの。大和が私と結婚したら光圀商事にとって最大の強みになるわ。忽那のおじ様にも先日お会いして、この件は私に任せると言ってくださったの」

彼女に任せるって？

私は大和のお父さんに結婚相手として認められていないってこと……？

心臓が嫌な音を立てる。

「……私たちは結婚を約束しています」

「それくらい知っているわ。でも、あなたが大和に今後プラスになるかって聞いているの。マイナスにしかならないわよね？」

私は彼のプラスになれないのは充分わかっている。けれど……愛してくれている。

「愛があればどんな困難にも負けません」

そう言った瞬間、優里亜さんは口もとに手をやって、声を抑えて笑う。

「ふふっ、本当にそんな子どもみたいなことを言っているなんて、あなたの脳内はお花畑なのね」

どうしても笑いが止められない様子で、美人はそんな顔をしても綺麗なのねと俯瞰《ふかん》視点で見てしまう。

〝愛があればどんな困難にも負けない〟

言った本人が疑問なのだから。

「大和は私が留学から戻ってくるのを待っていたの。でも、向こうのファッション雑誌で働くことになってニューヨークに戻れないでいるうちに、愛している私の代わりを見つけたってわけ」

美麗に微笑みを浮かべた彼女は、上品にカップを持って口に運ぶ。

「そ、そんなことありません」

私は優里亜さんの身代わりだったの……？

彼女の言葉を否定するも、不安がどす黒い色になって広がっていく。

「大和は明日からニューヨークよね？　私も戻るの。向こうへ行ったら私はもう二度と彼を離さないから」

動揺しているが、大和さんを信じたい。

「……あなたか、私か……彼が決めることです」

「あら、余裕なのね。それなら向こうでふたりだけの写真を撮って送ってあげるわ。

連絡先を交換しましょう。嘘だと思っているのなら、私に教えられるわよね?」

大和さんを信じる。ここで連絡先を教えなかったら怖気づいていると思われて、気持ちが負けてしまう。

「わかりました」

バッグからスマホを取り出して、お互いの連絡先を交換した。

スーパーマーケットで買った水炊きの材料の入ったエコバッグを、キッチンの作業台に置く。

電車に乗っているときも、買い物をしているときも、そして今も、優里亜さんの話が本当なのかずっと考えている。

優里亜さんの言う通り、私は大和さんのプラスにはなれない。

彼は彼女を愛しているのに、私にもかけがえのない女性であるかのように扱ったの……?

私を捜してくれたのは、優里亜さんの代わりだったの?

いろいろな考えが脳内を目まぐるしく駆け巡るが、普通の男性だったら、絶世の美女と言ってもいいくらいの優里亜さんの方を取るだろう。しかも父親はアメリカ大手の銀行を経営している実業家なのだから。

そこでハッとなって、時計を見る。あと三十分ほどで大和さんが帰宅する時刻だ。

急いで鶏肉や白菜、えのきなどの野菜を切って、しいたけは飾り包丁を入れる。

出汁スープを土鍋に入れて煮立たせているうちに、玄関が開く音が聞こえてきた。

十分ほど帰宅するのが早かった。

そしてすぐにグレーのミディアム丈のカシミアコートを着た大和さんが姿を見せた。

手を止めて「おかえりなさい」と言って、料理へと戻る。

どんな顔をすればいいのかわからない。

「ただいま」

コートを脱いで大和さんは二段の小上がりを進み、私の所へやって来て、背後から抱きしめると髪にキスを落とす。

「家の中へ入って、奥さんが料理している姿っていいよな。ホッとする」

「まだ、お……奥さんじゃないわ」

優里亜さんの件が渦巻いているのでつい言ってしまうと、大和さんは腕の中で私を自分の方へ向かせる。

「婚姻届の提出はまだだが、もう奥さんだろう？　紬希は俺のことを夫だと思ってないのか?」

明日から出張なのに、優里亜さんの話で嫌な前日にしたくない。

見つめる漆黒の瞳に、にっこり笑う。

「……同居してまだそんなに経っていないもの。少しずつ慣れるわ」

「まあ戸惑うのも無理はないな」

「もうできるから着替えてきて」

「ああ」

私を離した大和さんはベッドルームのドアへ消えた。

ポン酢に擦った柚子の皮を入れ、プリプリの鶏肉と野菜がさっぱりとたくさん食べられた。

具を少し残した後、ご飯と溶いた卵を流し入れ雑炊にして食べ終えた。

食事中もずっと優里亜さんの言葉が気になっていたが、いつもと変わらない大和さんなので、彼女が一方的に言っているだけなのかもしれないと思い始めている。

もしも……ふたりの仲のよさそうな写真が送られてきたら……そのときに考えよう。

「ごちそうさま。おいしかったよ。やっぱり冬は鍋だな」

「うん。今日はすき焼きかキムチ鍋かと迷ったの」

「それもいいな。帰国したらすき焼きにして。俺が牛肉買ってくるから」

帰国したら……。やっぱり大和さんは普段と同じだ。

「お肉買ってきてくれるの？　それなら、最高級A５ランクのお肉をリクエストしようかな？」

「紬希のためならもちろん。さてと、食洗機に入れたら風呂に入ろう」

「私が片づけるから、大和さんは先に入ってきて」

「明日から一緒に入れなくなるんだからそれは却下。ふたりで片づければ早く終わる」

そう言った彼は、ダイニングテーブルの中央にある鍋を持ってキッチンへ運んだ。

バスタブの中で大和さんはうしろから私を抱きしめている。

「ん……あ、だ、だめっ」

彼の愛撫する手から逃れようと身を動かすと、ちゃぷんと湯が跳ねる。

「逃げるな」

うなじに大和さんの唇と舌を感じ、おなかがズクンと痺《しび》れてくる。

耳たぶにも熱い息がかかり、甘い声が漏れるのを抑えられない。

「のぼせたか？　顔が赤い」

「ううん。大丈夫よ」

「出よう。早く紬希の中に入りたい」

バスタブから出て私の体をタオルで巻くと、抱き上げてベッドに運んだ。

ベッドに降ろしすぐさま組み敷いた大和さんは、濃厚なキスで私を翻弄する。

私は彼のサラサラの髪に手を差し入れて、もっというように唇を押しあてた。

「今日は積極的だな」

「だって、一週間離れるのよ？　夜はベッドが広く感じて寂しいわ」

「俺もだ」

男の色気を感じさせる妖艶な笑みを浮かべた大和さんに、ドキッと心臓が跳ねる。

彼は私の脚を立てて、濃厚なキスからちゅっと食むように唇を重ねてから、顔を徐々に下へと移動させていった。

その間も大和さんの舌は味わうように肌を愛撫していく。

組み敷かれた彼の下で身をくねらせ、「早く愛して」とねだる。

「めちゃくちゃに乱したくなる。もっと甘えろよ。かわいい声で啼《な》いて」

クライマックスに向かって激しい快感に襲われ、大和さんはさらなる快楽の世界へ私を連れていった。


大和さんがニューヨーク出張へ行ってから十日が経った。

当初出張は一週間と聞いていたが、ニューヨーク支社において過去これほどの大きな案件は初めてということで、法律関係の膨大な書類などを向こうの法務部と作り上げているらしく、まだまだ時間がかかるそうだ。

もう十二月も中旬だ。

優里亜さんからの連絡はまだなく、大和さんとのことは勝手に思い込んでいるだけなのかと思い始めていた。

昨日、会社近くのカフェで気になる話を耳にした。

うしろの席の男性たちから〝忽那専務〟と聞こえ、思わず聞き耳を立ててしまった。

『忽那専務が次期社長だっていうレールはどうなるかな』

『母親の連れ子って話だから、忽那家の親戚の無能な常務や理事が絶対に阻止しそうだな』

人？　大和さんが社長の義理の息子だと知っているくらいだから、重役フロアに近しい常務や理事が絶対に阻止しそうって……。

『今ニューヨークだろ。過去にない大きな契約を取れば常務や理事はなにも言えなくなるから、忽那専務は必死なんだろう』

『この契約をまとめても、次は若すぎるって文句が出るんじゃないか？』

『有能すぎる義理の息子を持つ社長も大変だな。さてと、戻ろうか』

背後の男性たちは、『ハハハ』と笑って席を立った。

私は大和さんの会社での立場を知らなかった……。


土曜日、あやめを家に招待した。

メッセージで大和さんに確認すると、もちろん呼んでもかまわないと言ってくれた。

《紬希の家でもあるんだから、そんなこと聞かなくていいよ》

まだ居候《いそうろう》みたいな気持ちになるのは、結婚していないせいなのかも。

十二時過ぎ、駅に着いたとあやめから連絡があって、シーフードグラタンをオーブンに入れてスイッチを入れる。

ビルトインのオーブンは外国映画で見るような大きさだけれど、使い勝手がいい。

グラタンはあやめのリクエストで、哲也さんのところはキッチンが狭くてオーブンが置けなくて作っていないそうだ。

チーズ好きのあやめのためにチーズフォンデュも用意している。

「グラタンとチーズフォンデュだと、しつこかったかな……でも、あやめが好きだし。まあいいか」

独り言ちたとき、コンシェルジュからあやめの来訪の連絡が入った。

通してもらい玄関を開けて待っていると、数分後興奮した様子のあやめが現れた。

「いらっしゃーい」

「ちょっとちょっと、このマンションすごいじゃない」

「うん。びっくりよね。まだ慣れないわ。どうぞ上がって」

お客様用に買い足したスリッパを履いてもらい、部屋の中へ歩を進める。

「ラグジュアリーな低層階マンション、素敵だわ。ベランダに……え？　あれはジャグジー？　哲也のアパートと雲泥の差だわ」

そう言いつつも、うらやましそうな感じではなく、あやめにとっての哲也さんの家はお城なのだろうと思う。

「さすが御曹司ね。で、忽那氏はまだニューヨークなの？」

「そうなの。仕事が大変そうで帰国の目処はたっていないって」

「まあ仕方ないわね。紬希は寂しいと思うけど。あ、グラタン作ってくれるって言ってたでしょう？　白ワイン買ってきちゃったわ」

「ありがとう。グラス用意するね」

あやめをダイニングテーブルの席に座らせると、キッチンの中へ入りグラスを棚から出したところで、オーブンが鳴った。

久しぶりにあやめと話ができて、大和さんの留守の寂しさから少し気がまぎれたが、帰ってしまうと空虚感に襲われた。

会社のお正月休暇は十二月二十八日からで、もう一週間前になっていた。

大和さんからは休暇になるまでには契約が終わるからと連絡は入っている。あと少しのようでホッとした。

もうすぐ会える。

木曜日の朝、目を覚まして横になりながらスマホを開く。毎朝、大和さんからのメッセージ確認をするのは日課になっている。

え……？

優里亜さんからメッセージが入っていた。

まさか……。

不安に駆られ、心臓がドキドキ暴れ始める。

上体を起こし深呼吸して、彼女のメッセージをタップした。

目に飛び込んできたのはふたりで並んで笑みを浮かべて撮った写真だ。場所はレストランのよう。優里亜さんは大和さんの肩に手を置いている。

これだけならふたりの仲を疑うものではないと、必死に自分に言い聞かせる。

そこへ再び一枚の写真が届く。

次の瞬間、言葉を失い呼吸を忘れた。

その写真はベッドの上でスーツを着たままの大和さんが仰向けで目を閉じ、優里亜さんも隣に横になって自撮りしたものだった。

手がブルブル震えてきて、スマホがかけ布団の上に落ちる。

大和さんのホテルの部屋のベッドでふたり……。彼は眠っているのかもしれないけれど、部屋に優里亜さんを入れているのだ。

彼女とはなんでもないのだと思っていたが、やはりふたりの仲は……。

大和さんは気を許した人じゃなければ、うかつに眠る人じゃないと思う。

彼女の言ったことは本当だったの？　だからなかなか帰国しないの？

いろいろな思いがどす黒く渦を巻いている。

毎日入っている彼からのメッセージはその夜はなかった。

嗚咽が込み上げてきて胸をギュッと部屋着の上から掴む。そうしないと、このままベッドに転がって起き上がれなくなりそうだった。

結局のところ、号泣した目は赤く腫れあがり遅刻することに。

保冷剤で目を冷やして出社したが、頭に霧がかかったような状態で大和さんのことばかり考えてしまっていた。

集中力のないこの状況で、ミスなく業務をこなせてよかった。

帰宅後、今日一日中考えていたことを告げようと決心し、スマホを持ってリビングルームのソファに腰を下ろした。

ニューヨークとの時差は十四時間。

向こうは朝で、今なら電話に出られるかもしれない。

心臓を暴れさせせながら、メッセージアプリの大和さんのアイコンを押して、電話をかけた。

呼び出し音が五回ほど鳴って、少し低めの声が聞こえてきた。

《紬希から電話してくれるの、珍しいな》

「……今話して大丈夫？」
もしかしたら優里亜さんが一緒かも知れないと脳裏をよぎるが、変わらない彼の口調なのでひとりなのかも。
《ああ。どうした？　声が変だな》
「私たち……」
そこまで口にしてその続きが言えない。
《私たち？　様子がおかしいな。なにかあったのか？》
「……私たち、別れましょう」
言いきった瞬間、電話の向こうで息をのむ声がした。
《いったいなにを言っているんだ？　もっとおもしろい冗談にしろよ》
「冗談じゃないわ。婚姻届もまだ出していないし、私がここを出ていけば済むことだから」
《ちょっと待て。なんでポンポン勝手に決めてる？　帰国が延びているせいで、俺を懲らしめようとしてる？》
まだ真剣に捉えられていないみたいだ。
私が冗談を言っているのだと思っているのだろう。

「懲らしめるとかじゃなくて、大和さんにふさわしい女性がいいと思ったの」

《ふさわしい女性？　俺には紬希がいるのになにを言っている？》

だんだんと苛立たしい声になっていく。

どうして？　私から身を引くと言っているのに。

「ごめんなさい。今は胸が痛くてちゃんと話せない。帰国したときにはここにいないから」

そう言って大和さんの言葉を待たずに通話を終わらせた。

思いあたることがあるんだから、引き留めないはず。

そう思ったのもつかの間、着信音がシンと静まり返ったリビングルームに響く。

涙をこらえながらスマホの画面に視線を落とすと、大和さんの名前。

着信音を無視して、気を休めるためにホットココアでも入れようと席を立つ。

なかなか鳴りやまない着信音に耳を塞ぎたくなったが、ココアを入れ終わる頃には止まっていた。

電源を落とそう。

翌日、重い気分で出社したが、大和さんのことばかり考えていた。

彼にふさわしい女性がいいなんて本心じゃない。別れたくない。けれど、彼女が大和さんのこれからにとってプラスになるのなら……。

帰ったら引っ越しの手配をしよう。

前のマンションは狭いなりにも住み心地がよかったから、空いていたら決めようか。それとも、もう少しキッチンの広い部屋を探そうか……。

退勤後、そんなことを考えながら社屋を出て地下鉄に向かって歩いていると、突然背後から手が掴まれた。

心臓が止まるほどびっくりして振り返る。

「大和さんっ！」

彼は厳しい顔をしている。

昨晩、電話をかけたときにはニューヨークにいたのに、どうして……？

「なぜいるんですか？」

「なぜって、電話の後飛行機に乗ったからだ。話し合うために。仕事を任せて来たからすぐ戻る」

手を握ったまま道路脇に止めてある車へ連れていかれる。

仕事があるのに、遠いニューヨークからわざわざ帰国するなんて……。

困惑しているうちに、助手席に座らされていた。

「大和さ——」

「家に着いてから話そう」

運転席に着いて車を出したところで口を開いたが、取りつく島がなかった。

ほどなくしてマンションの地下駐車場に到着し、部屋へ向かう。その間も手は握られていた。

どういうつもりなの……？

玄関に入って手は離された。大和さんはビジネスバッグしか持っていなかった。

「紬希」

先にリビングへ歩を進めた彼は、なにを考えているのかわからない表情で振り返る。

「で、電話で言ったことは本当だから……」

そう口にした瞬間、グイッと引き寄せられて抱きしめられた。

「すまない」

すまない……って？

言葉の意味がわからず大和さんの腕の中で身をこわばらせていると、ふいに顔がぼやけるくらいに近づき、荒々しく唇が塞がれた。

「だ、だめっ！」

即座に私を夢中にさせてしまう彼のキスから逃れようと、広い胸を押して離れる。

そしてポケットのスマホを出して、優里亜さんからの写真を表示させて見せた。

ふたりがベッドにいる決定的な写真だ。

すると大和さんは首を左右に振りながら、深いため息を漏らす。

「俺が浮気すると思っているのか？　こんなに紬希に夢中なのに」

「どう見ても浮気じゃないですか」

写真を見ても驚いていない様子だ。

「彼女から婚約寸前までいった関係だと聞いてるの。愛していたんでしょう？　私よりも優里亜さんの方が大和さんにふさわしいわ」

「優里亜が俺にふさわしい？　ありえない」

きっぱり言いきる大和さんだが信じられず、疑いの目を向ける。

「とりあえず掛けて。ちゃんと話をする」

手を引かれてシンプルなグレーのソファに座らされ、大和さんも隣に腰を下ろし、脚を組んで体を私の方に向ける。

「紬希の突拍子もない別れ話で、優里亜がすぐに思い浮かんで問いつめた。彼女は俺と婚約寸前までいった関係だと言ったようだが、嘘だ」

「え……？　嘘？　優里亜さんとはニューヨークへ行ってから幼なじみだったんじゃ。親同士も仲がよくて……」

「たしかに引っ越してから父が彼女の父親と仲がよく、家族ぐるみの付き合いはあった。ティーンエージャーの頃から彼女にはセックスフレンドになろうとずいぶん誘われたよ」

彼の口からサラッと出た〝セックスフレンド〟の言葉に、ギョッと目を見張る。

「もちろん断っている。数えきれないくらいにな」

「あんなに綺麗な女性なのに……断る？」

「見かけは綺麗だが、彼女の性格は好きになれない。結論から言う。俺が優里亜に惹かれることは金輪際ないし、俺が愛しているのは紬希だけだ」

真摯に見つめる漆黒の瞳に吸い込まれて、うなずきそうになる。

「で、でもあの写真は？」

「あれはスタッフもいたときのものだ。睡眠不足で少し寝た方がいいと勧められて、皆が出払った隙をついて優里亜がやって来て勝手に寝室に入り写真を撮ったんだ」

「本当に……？　じゃ、じゃあ、これは？」
レストランのようなところでのツーショット。ふたりがカメラに向かって笑ってい
る。その写真を見せると、一笑に付される。
「これもスタッフと食事中のときで、彼女の父親もいた。普通写真を撮るときは笑う
だろう？」
たしかにこの写真は浮気を決定づけるものではないと思ったが……。
「紬希、はっきり言う。よく聞いて」
両手を握られ、真剣な目つきで私を見つめる。
「俺が愛しているのは紬希だけだ。ほかの女を見てもなんの感情もない。それほどに、
紬希を愛している俺はきっと死ななければ治らない病気なんだ」
「でも……」
「まだ信じられない？」
首をフルフルと左右に振る。
「信じられる。でも、社員の話を聞いちゃったの。大和さんは忽那家の血を引いてい
ないから、社長になるには反対派もいて大変だろうと。だったら、優里亜さんと結婚
したら誰も文句は言えないと思って……」

「その考えは俺への愛ゆえだということはわかるが、ふざけるなと怒鳴りつけたいよ」

今にも怒号を飛ばしそうな顔つきになっている大和さんを、びっくりして見つめる。

「社長になりたいとも思っていないし、光圀商事を辞めたって紬希を養っていける。だが、今の俺があるのは継父のおかげだからなんとか報いたいし、紬希のために、誇りを持って働ける人間でありたい。仕事そっちのけのクズな男に成り下がらないように。そんな男は嫌いだろう？」

「大和さん……」

私のために仕事をがんばってくれていた……。

彼は私の幸せが一番なのだと、今の言葉でわかった。

「重すぎる愛を押しつけたくないが、これが俺の心からの気持ちだ。紬希を愛しているし、それが生きる糧になっているんだ。本当ならば、大学卒業後すぐに帰国して紬希を捜したかった。あの高台の広場公園でびしょ濡れになっても笑顔だった紬希が、ずっと記憶に残っていた」

「も、もういいですっ！」

大和さんの胸に飛び込むと、勢いが過ぎたのかそのままうしろに倒れる。

「だ、大丈夫？」

ソファのアーム部分に頭をぶつけたはず。

「ああ……今の俺、過労気味なんだ」

「え？　大丈夫？　体調が悪いのに飛行機に乗ったなんて」

大和さんから離れようとすると、引き留められる。

「大丈夫。もう二度と俺を焦らせないと約束してくれないか？」

「うん……もう二度と疑わない」

約束したところで、大和さんは私を抱きかかえながら上体を起こし立ち上がった。

「大和さん、過労気味って」

よく見れば、少し痩せたように見える。

「抱きしめたまま眠りたい。すぐに爆睡しそう。飛行機では全然眠れなかったのにな。紬希も目の下にクマがあるけど？」

「嘘！　クマ？　やだっ」

ここ数日はちゃんと眠れてはいなかった。今は大和さんの腕の中だったらぐっすり眠れそうだ。

隣の部屋に歩を進めた大和さんはベッドに私を座らせた。ジャケットを脱いだ彼は、布団に体をすべらせてから「来いよ」と手を差し出す。

私を抱きしめて唇を甘く食んだ後、大和さんは目を閉じる。私も幸せな気持ちに包まれて眠りに引き込まれた。

さわさわと頬や鼻、おでこなどになにかが触れている。

「ん……」

身じろいでからハッとなって瞼を開けると、大和さんの美麗な顔があった。

そうだ……もう誤解は解けたんだ。数時間前の会話を思い出して、もう憂慮する必要はないのだと、幸せな気持ちで胸がいっぱいになる。

驚くことにもう早朝だ。ふたりで夕食も食べずに惰眠《だみん》を貪ってしまったようだ。

「大和さん、大丈夫？」

「だめそうな顔に見えるか？」

片肘をついて頭をのせ口もとを緩ませる彼は、リラックスしているように見える。

「ううん」

「だろ。紬希を抱きしめて爆睡したから復活した」

そう言って大和さんは私をひょいと持ち上げると、自分の腹部辺りにのせる。

甘く見つめられて胸が高鳴ってくるが、その流れになると長時間ベッドから出られなくなる。

彼の上にのっている恥ずかしさもあって、話題を変える。

「会社へ行く支度をしないと……大和さんもニューヨークへ戻るんですよね？」

この後離れるのだと考えると寂しい。

「まだ充分時間はある。話したいことがあるんだ」

「まだなにかあるの……？」

困惑気味に尋ねると、大和さんは形のいい唇を緩ませる。

「今夜俺と一緒にニューヨークへ行こう。クリスマスを過ごしてから、フロリダへ飛んで婚前旅行をするんだ」

「婚前旅行？」

キョトンと首をかしげる。

「そう。俺たちの愛が深まるように」

「も、もう深まってるわ。それにお正月休暇までの数日は休めないし」

「俺がなんとかするから。それとも、紬希は行きたくない？　俺と離れてもいい？パスポートを持っていたよな？　二年前にあやめさんと韓国《かんこく》へ行ったと言ってたし。そのときにパスポートを取得したと言っていたから有効だよな？」

他愛ない会話で話したことを覚えている大和さんに、ぐうの音も出ない。

「パスポートは大丈夫だけど、今夜発つなんて……できるならそうしたいわ」

「俺に任せろ。いったん出社して戻ったら出国の用意をするんだ」

一緒にニューヨークへ行ければうれしい。大和さんがなんとかすると言えば、できてしまうのだろう。

「すぐに別れられると言われて正直落ち込んだ。同居した日に婚姻届を出せばよかったとね。だから、今回はなにがなんでも連れていくから」

「結婚は……道理に反しているから無理だったもの」

「ああ。俺の計画では、一月の紬希の誕生日を結婚記念日にしたかったんだ。そうしたらうっかり忘れるミスがないだろう?」

そんなふうに考えてくれていたと知って胸が熱くなる。

「大和さん……ロマンティックすぎます」

「そう、俺ってロマンティストだったんだなって自分でも驚いている。だけど、それは紬希だからだ」

彼は私の後頭部に手を置いて自分の方に引き寄せ、唇を重ねた。

「ん……し、支度しないと」

「まだ早い時間だから大丈夫」

大和さんの上にのってキスをしていると、私が襲っているみたいだ。彼がしてくれるように、形のいい唇を食むようなキスをする。

それが今の彼には物足りないみたいだ。

「大和さんの唇、食べちゃいたいくらい」

そう言って、再びちゅ、ちゅっと唇に吸いついては離れる。

「濃密なキスがいい。逃げるなよ」

妖艶に笑みを浮かべた彼は上下を逆転させ私を組み敷くと、宣言通り舌を口腔内に侵入させ蹂躙《じゅうりん》していった。

極上の蜜のようにとろける時間が過ぎていく。

大和さんは私を何度も高みに昇りつめさせ、たっぷり時間をかけて愛した。

十一、婚前旅行

「この飛行機は間もなく羽田空港を定刻通り二十三時に離陸予定でございます。現地到着時間は二十二時四十五分を予定しております」

案内されたファーストクラスのゆったりとした座席で、キャビンアテンダントのアナウンスが聞こえてくる。

大和さんは私の勤務を調整し有給休暇を取りつけ、退勤後、旅行の準備を済ませて羽田空港に向かった。

真ん中に配置された席で、隣に大和さんがいる。

搭乗口でキャビンアテンダントに案内された座席がファーストクラスで、腰を抜かすほど驚いた。

個室仕様なので周りの目を気にせずに大和さんとニューヨークまでのフライトはゆっくりできてうれしいが、贅沢しすぎている気もする。

「ファーストクラスって、こんな造りになっていたのね。ラグジュアリーすぎてびっくりよ」

隣の大和さんは慣れているのだろう。早くもくつろいでいて、キョロキョロしている私の様子を楽しんでいるみたいだ。

「ニューヨークまでは時間がかかるから、ここなら快適に過ごせるだろう」

ベッドにもなるラグジュアリーな座席に腰を下ろして、置かれていた黒のポーチを手にする。中には基礎化粧品などのアメニティが入っていた。

「うん。さすがAANね。アメニティがハイブランドだわ」

キャビンアテンダントが現れ、飲み物を聞かれてオレンジジュースを頼む。すぐに届けられると、シートベルト着用サインが出る。装着して十分後、旅客機はゆっくり動きだした。

飛行機はグングンスピードを上げて滑走路を走り、振動もなく飛び立った。

水平飛行になって機内アナウンス後、食事が提供される。

私は洋食を選び、大和さんは和食にしている。

普段食べないキャビアなども平たい瓶で出され、まるで最高級レストランのように一品ずつキャビンアテンダントが運んでくる。

温かいものは温かく、冷たいものは冷やされたままの料理は機内での提供だと信じられないほどだ。

シャンパンで乾杯し、大和さんと話をしながら食事をした。

「映画を観る？　到着は夜中だからまた眠ることになるからほどほどにな」

「はい。でもきっと眠れると思うわ」

断言する私に、彼は「すごい自信だな。寝たくても寝かさないけどな」と、口もとを緩ませた。

ここがファーストクラスで周りと遮られていてよかった。

別々のタブレットで映画を観ている間も、手をつないだり、ときどきキスをしたりと始終甘い大和さんで、退屈もせずとても幸せなフライトだった。

ニューヨークのジョン・F・ケネディ国際空港に、定刻通り二十二時四十五分に到着した。

入国審査、荷物受け取りを済ませて到着ロビーへ出る。外気は雪が降りそうなくらい寒い。迎えの車に即座に乗り込む。

テレビでよく見るニューヨークのタイムズスクエアなどの景色はクリスマスの飾りで彩っており、そういえばもう今日がクリスマスイブだったことに気づく。

「すごい、テレビで見た景色だわ。ニューヨークに来たなんて信じられない」

少しして車は道路際に止められた。

「紬希、ホテルに着いた。すぐそこはセントラルパークだ」

外側からドアマンが後部座席のドアを開け、車外へ出る。

ホテルに入り、キャリーケースを引いてくれる大和さんはロビー奥の【Only the Owners】のドアを開けて私を促す。

オーナーしか入れないドア……？

私の疑問を感じたのか、エレベーターに乗り込ませてから彼は口を開く。

「ここのホテルの会員制レジデンスに部屋を持っているんだ」

「五つ星ホテルの会員制レジデンスだなんて、すごい……」

「こっちにいるとき、投資目的で購入したんだ」

エレベーターは一気に五十階まで上昇して止まった。

すでに時刻は二十四時を回っている。大和さんのアドバイス通り数時間ほどしか眠っていなかったので、あくびが出てくる。

玄関を入ってすぐ大和さんが体を屈め、驚くことに私をお姫様抱っこした。

「や、大和さんっ」

「眠いんだろう？　寝室まで連れていく」

どんどん歩を進める彼に抱かれながら見える室内は、ホテルの部屋のスイートルームみたいに広い。

ベッドルームに入ってキングサイズのベッドの上に私を下ろした大和さんは部屋から出ていき、コートを脱いでいるうちにキャリーケースを持って戻ってきた。

「シャワーは朝にして眠ろう」

「うん」

コートを引き取ってくれた彼は近くのソファ椅子に置いて、隣の洗面所に案内してくれた。

一緒に歯磨きを済ませて、パジャマに着替えてからベッドへ行き横になると、首の下に腕が差し入れられて引き寄せられる。

「おやすみなさい。明日からが楽しみ」

明日の午前中に中断してもらっていた商談契約が終わるようで、午後から観光案内してくれると言っていた。

「おやすみ。俺もだ」

唇に軽くキスが落とされて、小さく笑って目を閉じた。

翌朝、ホテルから届けられたルームサービスで朝食を楽しむ。昨日の曇天とは打って変わって、まぶしいくらいの日差しがダイニングルームに降り注いでいる。

食事後、大和さんは光圀商事の支社に向かう予定だ。

「なんてすばらしいロケーションなの……本当にすごいレジデンス」

五十階の窓からはセントラルパークが見渡せて、信じられないくらい贅沢な部屋だ。

「ニューヨークに頻繁に来なければ売ってもいいと思っている」

「想像がつかないけれど、維持費がかかりそう」

「まあな。ほかにも投資物件があるからそれでまかなっている」

「あらためて、私の愛する人はすごい人なんだね」

「紬希がこっちに住みたければ引っ越しも可能だ。俺がニューヨーク支社に戻れば本社のゴタゴタは収まる」

一杯のコーヒーを飲み終えた彼は銀のポットから二杯目を注いでいる。

「大和さんがニューヨーク支社に？　本社は大丈夫なの？　忽那家の親戚の重役や理事は、あまりやり手ではないと噂で聞いたから……」

「父はまだ六十だ。社長を引退するには早すぎるから、どうにかなるだろう」

「私は大和さんがどこで仕事をしたいのかを尊重するわ。もし異動したとしてもいずれは日本に戻りたいと思うけど。でも、海外で生活するのも普通じゃできないから経験してみたい気持ちもあるから」

「わかった。これからのことは後で考えよう。まずはニューヨークを知ってもらうために午後出かけような。近辺を散歩してもいいし、それまでは自由にしていて」

「うん。荷物を整理したら、セントラルパークへ行ってこようかな」

「ああ。気をつけて行ってきて。鍵を渡しておくよ」

朝食を済ませて、大和さんはスーツに着替えて出ていった。

キャリーケースの中身を出して、洋服を彼のウォークインクローゼットにかけたり引き出しに入れたりして片づけを済ませる。

セーターとジーンズの上からショート丈のダウンコートを羽織ると、部屋を出た。

昨晩は気づかなかったけれど、ホテルのロビーはクリスマスの飾りつけで素敵だった。クリスマスツリーは真紅のボールのオーナメントにリボンで装飾されている。

ひとりで見知らぬ土地を歩くのはドキドキするが、目に入る街並みはクリスマスの装飾が美しくロマンティックで楽しい。

ホテルを出て数分のセントラルパークに歩を進めた。

あまりの広さと寒さで、途中で断念してレジデンスに戻った。

リビングのソファで景色を眺めつつ日本茶を飲んでいると、大和さんが戻ってきた。

「おかえりなさい。おつかれさまでした」

「ただいま。出かけた？」

「うん。セントラルパークを少し歩いて戻ってきたの。無事に契約は終わった？」

「ああ、滞りなくね。着替えてくるよ。そうしたら出かけよう」

ベッドルームへ行った大和さんは、ベージュのセーターとブラックジーンズに着替え、カシミアのブラウンのコートを手に戻ってきた。

私もダウンコートを羽織ったところだ。

同じような服装の大和さんは「ちょっと待ってて」と言って寝室へ消え、温かそうなブラウンのマフラーを持って戻ってきた。

「風邪をひかないように」

私の首もとにそのマフラーを巻いてくれる。

「ありがとう。でも、ここは半袖でも過ごせるほど暖かいから汗かきそう」

セントラルヒーティングで半袖でも過ごせそうなほど暖かい。

「その前に早く出よう」

手をつないで部屋を後にした。

地下鉄でブルックリンへ行き、大和さんお薦めのレストランでランチをしたり、フォトジェニックなブルックリン橋近辺で写真を撮ったり、おしゃれなカフェでお茶をしたりしてデートを楽しむ。

ドミノパークではたくさんの地元の人や観光客がいて、イーストリバー越しのマンハッタンの高層ビル群を眺め、ブルックリンの雰囲気を味わった。

その後、ファッショナブルなソーホーで気になった店に入ってみたりと、ブラブラしているうちに夕暮れになっていく。

十六時を回ったところで、大和さんは私を五番街に連れていった。

五番街にはハイブランドのブティックがあちこちにある。

「どうしてここに……？」

ハイブランドの店舗に入店し、ドレスのコーナーに案内されて首をかしげる。

「今夜はクリスマスイブだろう？　レストランで食事をするからドレスを選ぼう」

「そんな高級なところに行くの？」

「そう。ドレスコードがあるからな。紬希に似合いそうなのは……」

ラックへ視線を動かした大和さんは、一着に目を留めたようで私をそばまで連れていく。

「これはどう？」

真紅の膝丈のドレスで、デコルテラインと袖にチュール素材の生地が使われていて美しい。

「こんなパキッとした色味の服なんて着たことなくて似合うかどうか……」

「絶対に似合う。試着してみて」

彼は近くにいたスタッフに話しかけ、私はフィッティングルームへ案内された。

着替えて大和さんの前へ出ると、彼は満足そうに破顔する。

「俺が思った通りだ」

「でも、これ信じられないくらい高いわ」

「安心しろよ。支払えないなら連れてこない」

大和さんはスタッフに「それをもらう」と伝えた。

ブティックを出た後も、ドレスに合ったハイヒールやバッグを購入し、私をお姫様のように贅沢に甘やかしてくれた。

翌朝ふわふわと幸せな気持ちで目を覚ますと、大和さんはまだすぐ横で眠っていた。

彼を見つめながら、昨晩のことを思い出す。

ドレスアップした私たちは映画スターやアーティスト御用達ホテルのレストランで、クリスマスディナーを堪能した。料理は最高においしく、ゆっくりとシャンパンを飲みながら味わい、会話を楽しんだ。

ディナーの後は、車の中からロックフェラーセンターの有名な巨大クリスマスツリーを眺め、その美しさに圧倒された。

今夜はもっと近くで見る約束をしてくれている。

彼の睡眠を邪魔しないようにそっとベッドから抜け出し、隣のリビングルームへ歩を進める。

「これは……？」

昨晩とは違う部屋の景色に足が止まる。

二メートルはありそうな、見事に装飾されたクリスマスツリーがリビングルームに鎮座していたのだ。その下にはたくさんのプレゼントの箱がオブジェとして置かれている。

「いつの間に……」

昨晩はなかった。帰宅してから大和さんは『少し仕事があるから先に寝てて』と言ったのだ。

私はシャンパンとワインを飲みすぎたせいで、シャワーを浴びるとすぐに寝落ちした。あの寝た後に……？

「もう、サプライズしすぎ……」

ロックフェラーセンターの巨大クリスマスツリーに匹敵するくらい美しいツリーだ。

「だろ？」

背後から大和さんの声がして振り返ると、彼は楽しそうに笑っていた。

「本当に……そうよ。最高……」

首に抱きつくと、唇が重ねられる。

幸せすぎて目頭が熱くなって、涙が頬を濡らしそうだ。

「驚くほど大きなクリスマスツリー……子どもの頃に外国映画で見てから、夢だったの。うちにも欲しいなって。でもずっと六十センチくらいのツリーだった」

「喜んでもらえてうれしいよ。おいで」

私の手を引いてクリスマスツリーに近づき、下に置かれているプレゼントの箱のひとつを手渡してくれる。

「これ全部が紬希へのプレゼントだ」

「こんなに……？　私は用意していないわ。申し訳なくてもらえない」

「せっかく用意したのに、そんなふうに思われたら俺ががっかりする。別れるつもりだったんだからなくて当然。今、ここに紬希がいること自体、俺にとってのクリスマスプレゼントなんだ」

「も、もう……。私を泣かせてばかり……」

大和さんの愛を一身に受けて、涙が止まらなくなった。


それから二日後、あちこちの有名観光地に出かけてからニューヨークを離れ、フロリダへ向かった。フロリダは一年中暖かい気候で、半島南東の先端のマイアミは白砂のビーチが続くリゾート地。セレブの別荘などがあることで有名だ。

マイアミで美しいビーチを手をつないで散歩したり、気になったカフェやレストランに入ったりと、数日ゆっくりのんびり過ごした。

年越しカウントダウンで打ち上げられた花火に街中で盛り上がり、地元の人や観光客が「Happy new year」とお祭り騒ぎだった。

フロリダに来てからも大和さんは常に私を楽しませてくれようと、ケネディ宇宙センターを見学したり、最大のテーマパークで三日間遊び尽くして、夢のような時間を過ごした。

明朝にオーランドを発って帰国する前日、メッセージを受信した。

ベランダでビールを飲んでいる大和さんのもとへ歩を進めながらアプリを開くと、優里亜さんからで驚いた。

ま、まだ……なにか……？

おそるおそる文面を読む。

【嘘がバレちゃったわね。あっけなくもとさやに戻ってしまって、おもしろくなかったわ。でも、大和の心にずっと初恋の女性がいるのは知っていたから、ふたりはゆるぎない愛で結ばれているのだと納得したわ。意地悪してごめんなさい。大和にこっぴどく叱られたから許してね。今では幸せになってほしいと思ってる】

あっけらかんとした内容に、ぐうの音も出ない。

「どうした？」

ベランダへ向かう途中で脚を止めていた私に、彼が不思議そうに見遣る。

「あ、優里亜さんから」

「優里亜？　またなんか企んでいるのか？」

「ううん。申し訳なかったって謝りのメッセージを」

ベランダの大和さんに近づきスマホを渡す。

彼は文章に目を通してから、隣の椅子に座った私にスマホを返してくれる。

「とりあえず紬希に謝ったのならよかった。面と向かって謝ってほしかったが。プライドが高いからな」

「優里亜さんの話を聞いたときは目の前が真っ暗になって、ものすごく悩んだけれど、今は最高に幸せだから許せるわ」

微笑んでから、ビールとトマトジュースで割ったレッドアイを口にする。

「俺はそう簡単に許せない。紬希を失いかけたんだ」

大和さんが不機嫌そうな顔になったので、テーブルの上でグラスを持つ彼の手に手を重ねる。

「失いかけたとしても、離さなかったはずでしょう？」

重ねた手を、彼が大きな手で握って口もとへ持っていき唇が触れる。

「それは間違いない」

ふっと笑みを漏らしてくれたので、機嫌が直ったようだ。

「もう帰らなくちゃならないなんて……あっという間だったな」

　会社は一月四日からで、帰国日は前日だ。

「次回はハネムーンだな。紬希の行きたいところへ連れていく」

「本当？」

「ああ。戻ったら忙しいからな。両親に会わせて紬希の誕生日に婚姻届を出そう。結婚式も夏までにはしたいよな」

「うん。やることがてんこ盛りね」

「紬希、愛してる。一生君を守ると誓うよ」

「大和さん……ありがとう。私も愛してる。こんなに幸せな気持ちにしてくれるのはあなただけ」

　首を伸ばして唇を重ねたその瞬間、どこかで打ち上げ花火が上がった。

　星が美しい夜空に上がる大輪の花のような花火にしばし見惚れる。

「花火を見たら、今夜を思い出すね」

「ああ。もっと思い出に残る夜にしよう」

「え？」

　椅子から立ち上がった大和さんは、私の膝の裏に腕を差し入れて抱き上げた。

エピローグ

梅雨が終わった七月の下旬。

今日、都内の高級ホテルで結婚式を挙げる。最高の式にしようと、この日のためにウエディングプランをプランナーと一緒に練った。

昨晩、あやめから電話があって、彼女のお父さんはようやく哲也さんを認めてくれたと言っていた。

あやめが早くご両親と和解できたらいいなと思っていたので、憂いも取れて気分がスッキリしている。

早起きしてアイスコーヒーとカフェラテを入れ、ベランダのテーブルで朝食を並べ終えたとき、シャワーから出て髪がしっとり濡れている大和さんが現れた。

「大和さん、食べましょう」

「朝から盛りだくさんだな」

「プランナーさんから、今日一日は食べられるときに口に入れた方がいいってアドバイスもらったから」

「やっと結婚式だな。早く紬希のウエディングドレス姿を見たい」

「見たいって、もうすでに衣装合わせで見ているのに」

「もとい。招待客に見せびらかしたい」

大和さんは訂正してニヤッと口角を上げると、アイスコーヒーを飲む。

「もうっ、見せびらかしたいって……」

「仕方ないだろ。かわいいんだから」

「かわいいって言ってくれるのは大和さんだけよ？ みんなの前で言わないでね」

念を押してトーストをかじり、話そうと思っていたことを思い出す。

「大和さん、ホテルへ行く前にあの高台へ行ってもいい？」

「俺たちが出会った場所か。いいな。寄ろう」

大和さんと約束して笑みを深めた。


食事後、出かける支度を済ませて、彼の車で向かう。到着して時計を見るとまだ朝の八時で、高台には誰もいない。

空は雲ひとつ見あたらない晴天。まだ早い時間なので爽やかな空気だ。だが、時間が経つにつれてギラギラした太陽に照らされそうだ。

「今日も暑くなりそう」

「ああ。天気がよくてよかったな」

「うん。最高」

初めて会話した水道のところへ足を運び、蛇口をひねる。

「あの子どもたちにも感謝かも」

「あの子どもたち？」

「噴水にならなかったら、私は止めに来ることもなかったし、大和さんと話せなかったから」

小さく噴水のように出る水に口を近づけて飲むと、隣に立つ彼も口づける。

「じつはね。いつもアンニュイな雰囲気で本を読んでいる大和さんを遠くから見ていたの」

「え？」

「ずっと言えてなかったけれど、憧れの存在だったの」

「紬希、うれしいよ」

大和さんの破顔に、照れくさくなってごまかすように蛇口を閉めようとしたとき、水の量が急激に噴き出して頭に落ちてくる。

「きゃっ！」

「反対に回しただろ」

大和さんが急いで蛇口を閉めるが、水が止まったとき、私たちは頭からびしょ濡れだった。

お互いの濡れた姿に、笑いが込み上げてくる。

「まったく……これから結婚式だっていうのに……」

「大丈夫よ。乾くわ。セットしてもらえるし」

大和さんはあきれ顔から、楽しげに破顔する。

「おかげであの頃とオーバーラップした。懐かしいよな。紬希からの告白も聞けたし。今日は最高にいい日かもしれない。それじゃあ、行こうか。ここでキスしたいが、車まで我慢する」

「大和さん、捜し出してくれてありがとう」

周りを確認し、背伸びしてサッと彼の唇にキスをする。麗しく笑った大和さんに、ドキドキと心臓が高鳴って困るほどだった。

END

特別書き下ろし番外編

サントリーニ島の甘いハネムーン

夏の猛暑の中、私と大和さんは家族や友人の立会いのもとで無事に結婚式を挙げ、新婚旅行へ出かけた。

ハネムーンに選んだのはギリシャ・サントリーニ島だ。

サントリーニ島はエーゲ海に臨む美しい島で、旅行会社のパンフレットでハネムーン先を探していたところ、青と白のコントラストに魅了されて決めた。

実際に訪れてみると、本当に建物は白くところどころに青い屋根。エーゲ海はコバルトブルーやサファイアブルー、エメラルドグリーンに色を変え、信じられないほどの美しい景観で、ずっと見ていても飽きない。

ラグジュアリーなホテルの部屋も素敵で、石造りのテラスでの朝食、小さいけれどプライベートプールもある。ずっとここにいられるくらい至福の時が続いている。

事実、ここに来て二日になるが、夕食に出かける以外はここで甘い時間を過ごしている。

三日目の朝、目を覚ましてみると、隣にいるはずの大和さんがいない。

ベッドを下りて開け放たれているドアへ歩を進める。その向こうはテラスだ。

十メートルほどのインフィニティプールでクロールの水しぶきが上がっていた。

やっぱり泳いでいると思った。

ゴルフはプロ並みだし、泳ぎも綺麗で、運動神経がもともといいのだろう。

プールサイドにしゃがんで見ていると、大和さんがターンして戻ってくる。

「おはよう」

どのくらい泳いだのかわからないけれど、息切れひとつしていない。

「おはよう、体力がありあまってるみたいね」

そう言って笑う私に、大和さんは不敵な笑みを浮かべる。

「だな。ここが合っているのかもしれない。毎晩、紬希とセッ――」

恥ずかしいことを言い出しそうな大和さんの顔へ手を伸ばして口を塞ぐ。

「も、もう、そこまでにして」

大和さんは口を塞いでいた私の手首を掴む。

「そうやって恥ずかしそうな顔がたまらない」

さらに悪だくみした、いたずらっ子のような笑いをした彼に「え？」と思ったとき、プールの中に落とされた。バシャンと水しぶきが上がる。大和さんに支えられているから顔はすぐ水面から出たが、髪までびしょ濡れだ。

「早朝のプールも気持ちいいだろ？」

「否定はしないけど。ほんといたずらっ子みたいなんだから」

頬を膨らませたら唇が塞がれる。

「ここに俺たちの子どもを連れてきたいな」

「うん。それにはまだまだ遠い話になると思うけど」

将来、子どもとまた来られたらいいな。

「もういるかもしれない」

「だとうれしいわ」

思わず命が芽生えたかもしれない下腹部に手をやる。

「いや、まだかもしれない」

「え？」

大和さんはプールから出て、まだ水の中にいる私に手を差し出す。

「努力は怠らない」

「それって……きゃ、却下です。今日は観光へ行くって約束だもの」

プールから引き上げられて、プルプルと頭を左右に振る。

「ふたりきりの時間を過ごしても観光には問題ない」

抱き上げられてテラスからつながるバスルームへ連れていかれる。

水が滴る部屋着を脱がされ、頭から温かいお湯がかかった。

「約束……」

「大丈夫、まだ七時。俺は約束を守る男だ。それとも嫌か？」

「い……嫌じゃないわ」

「愛している」

大和さんは麗しく笑みを浮かべてから、私の唇を甘く塞いだ。

END

あとがき

このたびは『14年分の想いで、極上一途な御曹司は私を囲い愛でる』をお手に取ってくださりありがとうございました。

この作品は淡い恋心を過去に残したまま成長したヒーローのお話でした。ヒロインが親友のお見合いの身代わりを引き受け、偶然の再会から物語が始まります。

親友とはいえ、無茶ぶりをするあやめに振り回されている感がありますが、彼女のフリをする紬希は結構私のお気に入りでもあります。

今回は東京を舞台にして書きましたが、やっぱり海外は外せない。最後は海外に飛ばせました。いつも海外を楽しみにしてくださる読者様、少しでも行った気分になってくだされば幸いです。

今作、私の作品にはめずらしい、少しやんちゃなヒーローでしたね。『秘密の片思い』の郁斗《いくと》に性格が似ているかもしれません。

夜咲こん先生のカバーイラストの大和がどんぴしゃで彼そのもの。

地味子に徹していたヒロインですが、イラストはもとの自分に戻った姿に。紬希もとてもかわいいです。夜咲先生、素敵なイラストありがとうございました。

このあとがきを書いている今は夏真っただ中で、今年は例年より暑くてスーパーへ買い物に出るのも勇気がいります。

炭酸水やアイスコーヒーばかりを飲んでしまいますが、先ほど友人が送ってくれた大きなスイカをブレンダーでジュースにしてみました。

スイカジュースは香港《ホンコン》で飲んで大好きになったのですが、日本では気に入った味のスイカ飲料が売ってなくて、先ほどの生ジュースはとてもおいしかったです。

あと、夏はチョコミントアイスLOVEです。ふるさと納税の返礼品で届いた北海道のチョコミントアイスを食べるのが楽しみなのですが、三種類合計六個しかなくてもったいないな~と思っている今日この頃です。

それでは、皆様に再び読んでいただけますよう一生懸命取り組んでいきます。

最後に、担当さん、編集協力者様ありがとうございました。

この本に携わってくださいましたすべての皆様にお礼申し上げます。

二〇二三年九月吉日

若菜《わかな》モモ

若菜モモ先生への
ファンレターのあて先

〒104-0031
東京都中央区京橋1-3-1
八重洲口大栄ビル7F
スターツ出版株式会社　書籍編集部　気付

若菜モモ先生

本書へのご意見をお聞かせください

お買い上げいただき、ありがとうございます。
今後の編集の参考にさせていただきますので、
アンケートにお答えいただければ幸いです。

下記URLまたはQRコードから
アンケートページへお入りください。
https://www.berrys-cafe.jp/static/etc/bb

ベリーズ文庫

この物語はフィクションであり、
実在の人物・団体等には一切関係ありません。
本書の無断複写・転載を禁じます。

14年分の想いで、
極上一途な御曹司は私を囲い愛でる

2023年9月10日　初版第1刷発行

著　者　若菜モモ
©Momo Wakana 2023

発 行 人　菊地修一
デザイン　カバー　Scotch Design
　　　　　フォーマット　hive & co.,ltd.
校　正　株式会社鷗来堂
発 行 所　スターツ出版株式会社
〒104-0031
東京都中央区京橋1-3-1　八重洲口大栄ビル7F
TEL　出版マーケティンググループ　03-6202-0386
（ご注文等に関するお問い合わせ）
URL　https://starts-pub.jp/
印 刷 所　大日本印刷株式会社

Printed in Japan

乱丁・落丁などの不良品はお取替えいたします。
上記出版マーケティンググループまでお問い合わせください。
定価はカバーに記載されています。

ISBN 978-4-8137-1477-4　C0193

ベリーズ文庫 2023年9月発売

『エリート外交官は契約妻への一途すぎる愛を諦めない～きみは俺だけのもの～【極上スパダリの執着溺愛シリーズ】』 砂川雨路《すながわあめみち》・著

弁当屋勤務の菊乃は、ある日突然退職を命じられる。露頭に迷っていたら常連客だった外交官・博巳に契約結婚を依頼されて…!? 密かに憧れていた博巳からの頼みなうえ、利害も一致して期間限定の妻になることに。すると――「きみを俺だけのものにしたい」堅物な彼の秘めた溺愛欲がじわりと溢れ出し…。

ISBN 978-4-8137-1475-0／定価715円（本体650円＋税10%）

『冷徹御曹司の偽り妻のはずが、今日もひたすらに溺愛されています【憧れシンデレラシリーズ】』 惣領《そうりょう》莉《り》沙《さ》・著

食品会社で働く杏奈は、幼馴染で自社の御曹司である響に長年恋心を抱いていた。彼との身分差を感じ、ふたりの間には距離ができていたが、ある日突然彼から結婚を申し込まれ…!? 建前上の結婚かと思いきや、響は杏奈を蕩けるほど甘く抱き尽くす。予想外の彼から溺愛にウブな杏奈は翻弄されっぱなしで…!?

ISBN 978-4-8137-1476-7／定価726円（本体660円＋税10%）

『14年分の想いで、極上一途な御曹司は私を囲い愛でる』 若菜《わかな》モモ・著

OLの紬希は友人の身代わりでお見合いに行くことに。相手の男性に嫌われてきて欲しいと無茶振りされ高飛車な女を演じるが、実は見合い相手は勤め先の御曹司・大和で…！ 嘘がばれ、彼の縁談よけのために恋人役を命じられた紬希。「もっと俺を欲しがれよ」――偽の関係のはずがなぜか溺愛が始まって…!?

ISBN 978-4-8137-1477-4／定価726円（本体660円＋税10%）

『怜悧なパイロットの飽くなき求愛で双子ごと包み娶られました』 Yabe《やべ》・著

グランドスタッフの陽和は、敏腕パイロットの悠斗と交際中。結婚も見据えて幸せに過ごしていたある日、妊娠が発覚！ その矢先に彼の秘密を知ってしまい…。自分の存在が迷惑になると思い身を引いて双子を出産。数年後、再会した悠斗に「もう二度と、君を離さない」とたっぷりの溺愛で包まれて…!?

ISBN 978-4-8137-1478-1／定価726円（本体660円＋税10%）

『極秘の懐妊なのに、クールな敏腕CEOは激愛本能で絡めとる』 ひらび久美《くみ》・著

翻訳者の二葉はロンドンに滞在中、クールで紳士な奏斗に2度もトラブルから助けられる。意気投合した彼に迫られとびきり甘い夜過ごして…。失恋のトラウマから何も言わずに彼のもとを去った二葉だったが、帰国後まさかの妊娠が発覚！ 奏斗に再会を果たすと、「俺のものだ」と独占欲露わに溺愛されて!?

ISBN 978-4-8137-1479-8／定価726円（本体660円＋税10%）